常盤《ときわ》通り「寿家」見番家族

雪《ゆき》松《まつ》という女

三浦 佐久子

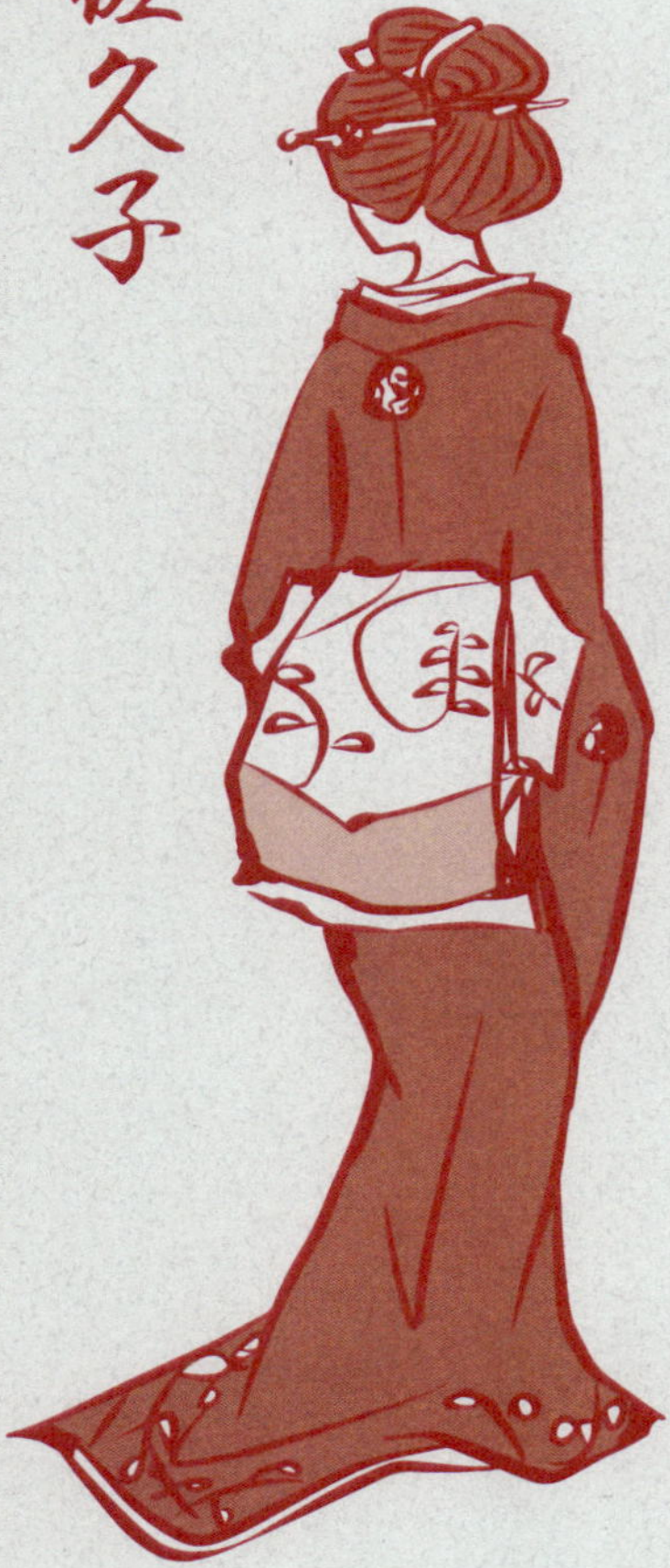

龍書房

目次

常磐通り「寿家」見番家族

雪松《ゆきまつ》という女

第一話　夜明け前の靴音

一

柱時計のときを刻む音が、一晩中耳ざわりだった。

朝方になって、浅い眠りに襲われ、ようやくうとうとしかけた矢先、窓の下の往還の方が急に騒がしくなり、どよめきが聞こえてきた。

大勢の人々の靴音が響く。乱れた靴音に混じって、何人もの咳き込む声が途切れることなく耳に届く。窓際に寝ていた雪松は、そっと起き上がり窓に擦り寄って、ガラスの嵌った障子を少しあけ、往還を覗いた。

暗くてはっきりとは分からないが、二階から眺める情景は、黒い人の塊が、往還をどよめきながら蠢くように流れている。ところどころ点っている街灯の明かりに映し出される人々の群れは、服装から坑夫たちだと、直ぐに分かった。大半が黒っぽい木綿縞の筒袖《ツッポ》に股引姿、腰にあてしこを着けている。詰襟のラシャの上下を着た人もいる。筒袖の男たちは、手ぬぐいを頬被りしているか、首に巻いている。山高帽や烏打帽を被ったキザな坑夫もいる。腰に下げたカンテラが足元を照らしているので、不揃いだが足並みはしっかりしている。

真っ暗な往還を、黒い坑夫の群れががやがやと、どた靴の音を響かせ、咳き込みながら流れる情景は、はじめて眼にする雪松には異様だった。

雪松は、恐怖に近い驚きに見舞われ、金縛りにあったような感覚に襲われた。

朝番の坑夫の出勤風景だということを、雪松に告げたのは、隣の寝床に寝ていた半玉のチョン太だった。

「坑夫は、朝番と昼番と夜番と三交代なんだよ。あたいのお兄ちゃんは夜番なんだ」

チョン太は間もなく十五歳になる。十歳のときに「寿家」に貰われてきて、小学校へも碌に行かないのに、しっかりした賢そうな少女だった。雪松とは親子ほどは離れていない十三の年の差だが、雪松から見ればチョン太の寝姿は、なんとも痛々しいほど幼い。頭をもたげ、いっしょけんめい顔を雪松のほうに向け、寝ぼけ眼をこすりながら、昨夜着いたばかりの雪松を気遣っている。

「ゆんべ来たばっかりのお姐さん、眠れないの？　まだ四時だよ。眠ったほうがいいよ」

風邪ひくから――と、いつまでも窓を開けて往還を覗いている雪松に、優しい声をかけるのだった。雪松が、

「ありがとう……」

と、声をかけたときには、掛け布団に顔を埋めたチョン太の、軽い寝息がしていた。

チョン太のあどけない寝顔に、

「ありがとう。優しいのね」

雪松は小声でもう一度言って、再び、窓の外を覗いた。

靴音は少しまばらになり、坑夫たちの塊はばらけていた。

眼が闇に馴れてきたせいもあるのか、夜明け前の辺りは、漆黒の闇ではなく、山の空気が澄んでいるためか、透明な光の闇だった。重なる山の底に沈んだ町は、家々の屋根の線が、光の闇の中に一軒一軒の輪郭をくっきりと浮かび上がらせている。町を囲暁する三角形の山々の稜線が、晴天の夜空に、影絵のように浮かんでいる。

一瞬の、そんな時刻を、朝番の坑夫たちの出勤風景は、確かに雪松の胸を貫いた。雪松は男だったらあの群れの中に、きっといた筈だ。坑夫という仕事が、どんなに辛く厳しい仕事

でも、金になるのは魅力だし、お国のためになる仕事と思えば、誇りでもある。

そんなら女の自分が、今、鉱山町の花街で働こうとしていることは、坑夫の誇りと同じものだと、雪松は奇妙な得心に浸った。決心してから数ヶ月も踏み切れずに悩んでいた心の迷いが、吹っ切れた。雪松の心はやっと座った。

柱時計を見ると、ほんとに四時を少しまわったばかり、夜明けには少し早い時間だった。

昨日、那珂湊の海辺の実家で朝を迎えた。

冬の日の出は遅い。四時頃目が覚めて、一時間ほどどうとうとした。五時ちょっと前に起きたが、まだ戸外は暗かった。海は目覚めず、暗いうねりの中に眠っていた。朝焼けが東の海を染めはじめたのは六時近くになってからだった。太陽が水平線を離れるのを見てから、旅の荷物を確認し、那珂湊の家を出たのは、六時半をまわっていた。

小学校三年生の娘は、まだ眠っていた。

「母さんは明日から、又、働きに出るから爺ちゃん婆ちゃんの言うことをよく聞いて、良い子になるんだよ」

と、縁側で話し合ったのは、三日前の午後だった。娘は、

「うん、うん分かってるってば」

悲しげな顔もせず、一人あやとりをしながら素直にこっくりをした。

年老いた父母に娘を預け、お金になるという足尾銅山の花街に働き口をみつけ、決心を固めたのは一ヶ月前だった。

山通りの温泉町で仲居を転々としながら、三味線や踊りを習い、芸者の道に踏み込んで三年、郷里の那珂湊に近い常磐炭鉱の花街に仕事を探していたときだった。足尾銅山の口入れ屋の椿さんに声を掛けられた。

「足尾というところは、おっかないところだって言うじゃありませんか。お金になっても、命がけでは……ねぇ」

足尾に気持ちは引きづられているのに、思い切れない。

雪松は、ああのこうのと渋っていた。

「何も、怖いことなんかあらせんて。そりぁ坑夫は荒くれ男たちですがね、芸者の仕事はお座敷ですぜ」

足尾銅山には刑務所帰りの囚人も働いているということを聞いていた雪松は、小さな声で言ってみた。

「坑夫さんの中には囚人も働いているって……言うでしょう?」

「囚人？　いない、いないい。そりゃあいろんな郷里《くに》の人がいるから、刑務所帰りもいるかもしれんがね――」

と、椿さんは言い、

「坑夫、坑夫って言ったたって、坑夫には坑夫の誇りってもんがあって、そりゃあ立派なもんですよ」

口入れ屋だから、ああ言えばこう言うと口達者で、雪松がいくら心を引き締めてかかっても、呪術にかかったように言いくるめられてしまう。

「足尾なんて、近いもんだ。すぐ隣り県だ」

那珂湊へ帰りたくなれば、ひとっ跳びだよ――そのうち乗り物だってもっと便利になる。茨城と栃木なんて簡単に行き来出来るさ。と、軽くいなされて雪松はいつの間にか決心していたのだ。

口入れ屋の椿さんが迎えに来て、荷物を持ってくれ、道中は淋しくなかった。水戸線から小山で両毛線に乗り換え、鹿沼で下車して粟野口へ出、粕尾峠を越える近道を行けば、その日のうちに足尾に辿り着く筈だった。が、粕尾峠が根雪で通行不可との情報が入り、鹿沼へ引き返して木賃宿に一泊した。翌日、宇都宮へまわり日光腺に乗り、終点の日光からは再び徒歩で、細尾峠越えになった。細尾峠はカーブが多く、急峻で旅人泣かせの峠道だった。身の回りの荷物は椿さんが持ち、一泊しているから助かった。用意した二足の草鞋は、二足ともゆるんで履きずらくなり、足の底が豆だらけになった。二日がかりになったが、夕刻早やめに「寿家」に到着した。

「細かい約束ごとは明日でよかんべ。長旅でお疲れだろうから、今夜は夕飯食べたら風呂浴びて、ごゆるりとお休みなはれ」

出迎えてくれた、経営者の一人である料亭「八百佐」の主人、新佐太郎さんが初対面の挨拶もそこそこに、気を気かして言ってくれた。

「なあ、婆ちゃん、婆ちゃん、おくら婆さんよ。雪松さんを二階の大部屋に案内して、取り敢えずみんなに紹介するのは明日でいいから……今夜はどこでも空いている場所に休んで貰いな。いいね、そこまで面倒みてちょうだい。頼んだよ」

言うと新さんは、これから寄り合いがあるから、俺はその寄り合いに出て、そのまま家に帰るということだった。「寿家」はお帳場の徳さんこと仙波徳次郎さんと、その何でも知り尽くしている、目から鼻へ抜ける利口者といった、きりっとした顔立ちの、年の頃六十前後のおくら婆さんが、きりもりしているようだった。おくら婆さんと呼んでいるが、いってみれば置屋のお女将《かあ》さんである。

夕食は椿さんの分も用意されていて、お帳場の徳さんとおくら婆さんと四人でお膳を囲んだ。

徳さんと椿さんはお銚子をつけて、饒舌にいい調子で飲んでいた。

「お疲れやんしたろう。細尾峠はきつい坂道じゃからね、さあさあ飲兵衛たちなど構やせんから、さあさあお風呂つかぁさって、早ようにお寝み下さいましな」

おくら婆さんの、粋な身のこなしや上方言葉を混じえて言う仕種は、料亭の女将のよな貫禄だ。が、夕飯の支度や雪松の世話をやくところなどは、心地よく行き届いていて、根っからの下働きが身についているようにも見える。

二

明け方、風が止んだ。

昨日、日光から大谷《だいや》川の橋を渡り、細尾峠を越える頃は、足を前へ運ぶのも困難なほどの強風だった。追い風なのか向かい風なのか、冬枯れの木立を渡る風が、山の中の一本道に下りて来ると、谷底から吹き上げる風と交錯して、縦横無尽に吹きまくる。立ち止まると雪松の足元をすくうようにまつわってきて、雪松は何度も転びそうになった。

累々とつづく山また山のうねりを渡る風の音は、無気味だった。

「雪は少ないけんど、空っ風は一冬中吹くよ」

椿さんが言った。

「足尾は、大陸性気候だから冬は寒いところだって、聞いていましたよ」

雪松は相槌のつもりで言ったが、寒さで声が震えていた。

男体颪の、雪山をなぞってくる風だから、かみそりの刃で頬をそぎ落とされるような、冷たいというより痛い。一冬といっても足尾の冬は長い。秋の紅葉の頃から気温が下がって、冬篭りに入る。本格的に木々の芽吹きがはじまるのは、五月に入ってからだった。

「じきに慣れるさ」

海っぺりの暮らしをしてきたんだろうから、冬の風は海風も山風も寒いのは同んなじさ。と椿さんは知ったかぶりに言う。

「海風？」

雪松は自分の中で呟いた。

海風も寒いが山風のようには吹かない。よく晴れた日に、沖のほうまで白波を立てて、海が騒がしいことはよくある。が、海を渡ってきた風が陸に上がるとそれほどでもない。強風といえば、それは嵐のことだ。見事な朝焼けに海面が金色に輝き、穏やかな凪だと思っていても、水平線のあたりに鈍い灰色の靄がかかっているときには、沖はしけている証拠だ。誰も漁船を出す者はいない。

雪松の夫は漁師だった。

漁師だった父親が嵐の海で死んで、十八で親の後を継ぎ、漁師になった。雪松より三つ年上で、雪松が十八のとき夫は二十一で結婚した。翌年女の子が生まれ、雪松は漁師の女房として、たまには魚河岸へ手伝いに行ったりもしたが、夫の母親、雪松には姑ともうまが合い、幸せな日々を送っていた。

娘の弥生の三つの祝いのときの写真が残っている。姑も入った家族で写したたった一枚の写真だ。まだ写真などはもの珍しい時代で、那珂湊の町通りにはじめて開業した、たった一軒の写真屋だった。

夫が、嵐の海で遭難した仲間の救助に出て、生命を落としたのは、写真を写した二年後の秋だった。虫が知らせたのだろう。写真屋ができても誰も写しに行かなかったときに、

「よーし、我が家が一番乗りで撮ってこよう。写真を撮ると魂を抜かれるっていう噂だが、そんなの迷信だって証明してやろうよ」

夫は、珍しいものが好きだったが、思いやりも人一倍旺盛で、開業してもさっぱり繁盛しない写真屋を気遣い、盛り立ててやろうと思ったのだ。

どんな風に魂が抜かれるのか、面白いぞ。我が家の人間がみんな腑抜けになったらどうする――と、本気で心配する母親を、苦労が消えてよかんべとからかいながら、まだ若かった好奇心旺盛な夫は、渋る家族を無理矢理引っ張って行ったのだった。

出来上がってきた写真を見て、

「はあ、成るほど。写真の中の人間は、眼もうつろで生彩がない。これは確かに魂が奪われた腑抜けだ……だが、まてよ。撮られた人間のほうは魂を抜かれたりしておらんよ。問題なんかあるまいに……」

と、漁師仲間に得意げに、写真を見せて歩いた。

あの写真を雪松は、肌身離さず持っていた。二年後に、まさか夫が死ぬなんて想像もしなかった。

夫が死んだあと、三年後に舅が亡くなった。

嫁した家の暮らしを絶つまいと、雪松は魚河岸で必死で働いた。姑と幼い娘を抱えて、浜の女の仕事から得る収入など知れたものである。爪に火を灯すような暮らしだった。姑はまだ六十半ばだったが、喘息という持病を持っていたので、働けなかった。

雪松に転機が訪れたのは、魚河岸で働きはじめて二年にもならないときだった。町通りの料亭の旦那に声をかけられ、仲居として、思い切った転職だった。

もともと器用な雪松は、仲居をしながら三味線を覚え、見よう見真似で踊りを覚え、やがて師匠について、とくに三味線のバチさばきは筋がよいと見初められ、芸者の道を歩むことになった。雪松は二十五になっていた。

「子持ちの大年増なんて……」

それから三年後椿さんから声をかけられたとき、雪松は、踊る心とうらはらに、気持ちがひるみ、どんどん萎ぼんでいくのをどうすることも出来なかった。椿さんは雪松が二十八にもなっているとは、思っていない。小柄なので誰が見ても二十二、三にしか見えない。しかし、お座敷の経験も浅いのに、芸者としての風格が天性のもののように備わっている。

年齢を偽り、子供のいることを隠しているので、いつまで隠しとおせるのか――そんな疚しい隠しごとをしてまで、足尾の花街で稼ぎたいのか、雪松は、ずいぶん自問自答した。

大年増の、子持ちの芸者であることを、椿さんに言いそびれてしまったことが、悔やまれる。どうどうめぐりの煩悶だった。こういう心の底で起こっている問題は、誰に相談することも出来ない。自分自身で結論を出さない限り、何も前へは進まない。

「決心がつきましたかな」

椿さんは毎日のようにやって来た。

「あんたのようなお女《ひと》を探している見番があってな、あんたのこと話したら、無理にも来て貰えって乗り気なのさ。料亭の主人たち三人で三年前にはじめたばかりの、足尾じゃ一番大きい見番だ。あそこらあたりの芸者になれたら格が上がるぜ」

足尾へ行けば金になるという噂は、全国的に響き渡っていたから、働きたい者には、足尾は夢の理想の国である。椿さんは坑夫を斡旋する口入屋だが、鉱山の勢いが盛んなときは、あらゆる職場で人を欲しがっている。声がかかると、みんな迷わずほくほく顔で足尾へ行く。足尾銅山の景気にあやかれるものなら、みんなあやかりたいと思っている。それに足尾は、東京から直輸入で芝居や相撲やサーカスなどの娯楽が華やかで、賑やかで、毎日お祭り騒ぎのようだ……と、そんな風潮が、巷に流れていたので、仕事を探している人々を刺激していた。

三

チョン太の声が聞えたような気がした。

「ゆんべ、遅かったんだから、起さんほうがいいよ」

耳の遠いところで、若い女たちの声がしている。起きなければと思いながら、眠りの精に引っ張られるような、底なし沼に落ち込んでいるような、心地よい眠りに眼があかない。

「那珂湊ってどこか知らんけど、二日もかかるほど遠いところなんけ――」

「ガソリンカーだって馬車鉄道だってあるじゃないか。ねぇ」

「お金ないんだよ、きっと？」

若い子たちの言いたい放題を、

「人にはいろいろ事情ってもんがあんのよ。あんたらだって、ここへ来た日のこと思い出して見いな」

チョン太は雪松を守ろうと、必死でかばっている。

朝の大部屋のそんな経緯を、ずっと後になってチョン太から聞いた。

雪松がはっきりと目覚めたときには、もう大部屋には誰もいなかった。蒲団はめいめいきちんとたたんで、大部屋つづきの蒲団部屋に運んであった。雪松も急いで起き出し、身支度をし、若い子を見習って、布団を蒲団部屋に運んだ。

夜明け前の時刻に目覚めて、早番の坑夫たちの出勤風景のどよめきを見て、雪松は興奮がおさまらず、なかなか眠れなかったことを、不覚に思う。

睡魔はそのあと、かなり明るくなってから襲ってきたものなのだろう。その浅い眠りの中で、不思議な夢を見た。芸者になってから、何度か見た夢のようにも思う。

その夢は、夢の中で何故かは分からないが、いっしょうけんめい、記憶の底にひた隠しに隠してしまいたい、あるいは消滅させたいと、夢の中の人物を押し込めているのだった。夢幻なのか、現実なのか、或る一人の中年の男の存在が気になる。追い払っても、否定しても雪松の記憶の底に蹲って、出て行こうとしない。とぐろを巻いて居座っている。

夢の中の或る中年の男に、雪松は早口で、

「あなたは誰、名は何というの、私との関わりが知りたい、教えて……、何故、私の記憶の底に居座っているの」

と、問いかけると、気がつくと中年の男などではなく、一匹のおろちが蹲っている。おろちはちろちろと赤い舌を閃かせ、碧色の鱗をさらさらとゆすりながら、ゆっくりと身をくねらせ、見惚れるほどの美しさで、渦巻状にくるまって、やがて動かなくなる。

記憶の底に棲みついているそのおろちが、意識の中ではどうして或る一人の中年の男なのか、雪松は真剣に己の心の内を探った。が、心当たりがないまま日々の暮らしに追われて、忘れていた。

暫く忘れていた、そのおろちの夢を見たのだ。

おろちの夢を見た朝の目覚めは、心も体も重たかった。足尾に着いてはじめて迎えた朝なのに、何といういまわしい夢だ。雪松は、床の中で一瞬不快に思った。が、床を離れて身支度を終える頃には、すっかり夢は薄らいでいた。

二階の大部屋は二十畳あった。

衣裳箪笥が幾棹か壁際に並んでいる。床の間があっても飾りものなどなく、鏡台が三つ置かれていた。部屋の隅の幾つかの衣桁には、お座敷用の晴れ着が無造作に掛けてある。若い妓たちの、賑やかで屈託のない、あっけらかんと暮らしている様子が眼に見えるようだ。

「寿家」見番に鑑札を登録している芸者は七人、チョン太の他に半玉がもう二人、雪松が加わって十一人の女たちが、この大部屋で寝起きを共にすることになる。

大方が二十歳前後らしい。その中に、芳哉という鼻筋のとおったうりざね顔の、人形のように美形の妓が一人いる。とても目だつ存在だが、もう二十四歳の年増とか、子供の頃に脳膜炎を患い、動作も言葉ものんびりしている。滅多に怒ることはないそうで、ともかく気働きがない。しかし、踊りは抜群にうまい。「寿家」の看板娘と呼んで、みんなで慈しみ、可愛いがっているそうだ。

「足尾というところは不思議な土地柄でしてな、子供が三人も四人もいよるのに、花街の女が生んだ子供を養女にして育てておるん。高等女学校まで出して嫁入りさせたり、男の子だと中学出して、さらに成績がよけりゃあ東京の大学まで出して、いいところへ就職して、出世しとる人もおるよ。芳哉はな、そんな出生の子や。「八百佐」の新さんとこの養女として育ったんよ――」

おくら婆さんが話してくれた。

この世界は二十四、五になると年増といわれ、二十七、八では大年増と呼ばれる。芳哉にほんとうの辛さが襲ってくるのは、もう間もない。辛さや喜びをほとんど感じない芳哉は、自分の意志で芸者をつづけたり、引退したりということを判断することが出来ない。「寿家」が最後まで面倒みるのだろうけれど、

「新さんが苦労人でね、暖ったかいお人だから、何んも心配はいらんのですよ」

おくら婆さんは言った。雪松はその言葉にほっとした。

雪松は、椿さんにほんとうの年齢を言いそびれ、

「二十二、三やろ。二十二でええがな」

と、言われた。雪松はいくらなんでもそれは……と思い、二十四、五歳ということにした。偶然、芳我と同い年になって、芳哉がまともなら競い合うのだろうが、脳膜炎を患った芸者と競い合うこともなかろうと、芳哉の美貌に見惚れた。

階下で、雪松の起きた気配を感じ、おくら婆さんがトントンと階段を上がってきた。

「起きなすったか、雪松さん。まあ、ゆんべはようお寝みになれましたか……チョン太から聞いたが、早番の坑夫たちの靴音で、目ぇ覚ましてしもうたとか――あれは凄まじいからな、驚いたやろ。みんなはじめてのときは吃驚りすんのや。えらいところへ来てしもうたってな」

真っ白い割烹着で手を拭きながら言った。

「鉱山ちゅうところは、夜も昼もないんよ。すべて坑夫さんが中心だから、それに合わせないと生活していけへんのよ」

これからいろんなこと、吃驚りすることばかりに出会うだろうけんど、まあまあ景気がい

いってことは稼ぎ甲斐があるってことで、銭たまれば、足尾はいいところやって直ぐに思うようになるで。人間ちゅうもんは現金なもんや。

「揃って朝ご飯食べて、そうしているうち新さんや「一丸」の旦那も来るだろうから、決まりごとを決めて貰えばいい」

先にたって階段を下りていくおくら婆さんの後に従い、雪松は階下に下りた。お勝手つづきの広い板の間に、めいめいの箱膳が並び、芸子たちが賑やかに朝食の準備をしている。チョン太が赤いたすきをかけ、お給仕をしていた。

四

「寿家」見番は、往還に平行した常磐《ときわ》通りの渋川の岸辺に建っていた。

「寿家」を建てるとき、護岸整備をしたのだろう。真新しい石積みをセメントでかためて、川岸は対岸から眺めると城郭のように聳えている。その護岸ぎりぎりに建つ見番は、木造三階建ての、往還に面した玄関は間口が狭く、渋川に沿ってうなぎの寝床のような建物だ。それまで、そこには朽ちかけた橋桁の上に、民家がよろけるように建っていたという。

帯状に透かしガラスの嵌った窓の障子を開けると、お帳場からは真正面の対岸に、木造三階建ての割烹旅館「一丸」が見える。

木造三階建ての建造物は、明治の終わりから大正、昭和のはじめにかけて流行った建物だった。精錬所のある間藤には、「栃本屋」という足尾を代表する木造三階建ての割烹旅館がある。

「山形の尾花沢には延沢銀山がある。銀山川をはさんで十数軒の古い三層の木造建築の宿が並んでいるのだ。それが木造三階建ての上に望楼をのせ、どの建ものも趣向を凝らしたお洒落な建物だそうだ。鉱山の名前をそのままつけて銀山温泉と言うてな、ええとこや。今度、春になったらみんなで旅行すっぺや」

徳さんが上機嫌で言った。

渋川は小さな流れだが、当時、新梨子と呼ばれたこの辺り、町の中心地で、町を横断するように流れている。浅瀬だが、陽の光にきらきらと輝く瀬は、一見澄んだ清流だ。

上流に本山坑の鷹巣坑がある。地名は簀《す》の子橋といい、明治十年に古河市兵衛の足尾銅山になってから、十四年に鷹巣直利が発見され、足尾銅山のさい先よい先がけとなった。が、間藤に有木坑（本山坑）が開鑿され、大直利が発見されると、鷹巣坑は廃坑同然になった。

一見清流に見える渋川には魚が住まない。

渋川の名前の由来のごとく、水を口に含むと、苦味とも渋味ともつかない鉱毒水なのである。普段は川音も響かないほどの、細い流れだが、雨が降ると豹変して、水嵩が増し荒れ狂う濁流となる。箕の子橋が壊滅したのは、台風で渋川が氾濫し、鷹巣坑も家屋もすべて破壊され、流失したためだった。

「わたしも途中から足尾に来た人間なんで、聞いた話なんだけんど……」

と、何でも知っている徳さんらしくもなく、少し自信のない言いかただった。

箕の子橋へは渋川沿いに一本の険しい山道が通っている。有木坑や通洞坑につづいて、小滝に小滝坑が開鑿されると、採掘は三つの坑口が中心になった。新しく開鑿された本山坑（有木坑）へ行くにも、渋川沿いの険しい山道を通らなければ行かれなかったが、渡良瀬の田元を経る迂回路が出来、難関路は通るものはなくなりけものみちになった。やがて箕の子橋は置き去りにされ、巨大な堆積場と廃坑が残った。雨が降ると鉱毒流が渋川に流れ込み、魚の住まない川になったのだ。

「こんな小さな流れで、おとなしそうな川だけんど、川というのは恐ろしいもんですな」

と、徳さんは結ぶ。

徳さんの話は、雪松の心の不安を煽った。

鉱毒流という言葉が、雪松にはぴんとこなかった。鉱毒事件とか田中正造とか、坑夫の暴動とか、足尾銅山には囚人も働いているなど、断片的に聞いていた言葉が「足尾は恐ろしいところ」という先入観に、すぐに結びついて、雪松の中であっという間に不安を呼び戻すのだった。恐怖心と不安と入り乱れて、頭の中でぐるぐると渦を巻きはじめる。

さらに昨夜の、あの夜明け前の真っ暗闇の往還を、蠢くように流れていた、坑夫たちの黒い塊が浮かぶ。目覚め近くに見たおろちの夢の記憶が甦る。心の奥底に踊っているおろち――或る一人の中年男は、これから出会うであろう囚人なのか荒くれ坑夫なのか――正体不明なだけに、雪松の前途をはばむ前触れのような、不安を駆りたてるのだった。

頼れるものの一人もいない足尾に、来てしまったことが間違っていた。と、苛まれる。決心をして那珂湊の家を出た筈なのに、直ぐに襲ってくるこの不安は、時がたてば不安から解き放されるのか――

全身がぞくぞくとして鳥肌がたってきた。寒々とした不安と恐怖で、雪松の全身はがたがたと震えている。もう、引き返せないと呟きながら、引き返せるものなら引き返したかった。

「寒かとね、雪松つぁん。顔に青筋がたっとるよ」

徳さんが言う。

徳さんは何食わぬ顔だ。足尾の冬は慣れるまで大変だ。居間の炬燵で温ったまるといい。言うと、徳さんは自分が先に立って、帳場に向かった。

「おくら婆さんよ。炬燵にお茶持ってきてくんな。婆さんもちょっくら来てくんなよ」

雪松の挨拶廻りやお披露目のことなど、旦那さんたちが来る前に、下相談しましょうや……と、雪松が震えているのは、足尾の冬の寒さに慣れていないせいだと、雪松の心理を襲っている不安に気づかない振りをしている。

帳場のつづきの炬燵のある居間の大きな窓に、冬枯れの山が迫っている。雪松は徳さんの気遣いなど読み取る余裕もなく、凍えきった気持ちを、ひたすら悟られないようにしている。何か言おうとするのだが、唇まで凍りついていて、何も言葉にならなかった。

炬燵は、畳半畳分ほどもある大きな掘炬燵だ。朝食が済んだあと、炬燵でお喋りをしていた素顔の若い妓たちが、一斉に雪松に席を譲る。立ち上がって二階に行く妓もいる。

「今年は、春の山神祭がたのしみだ。今年は「寿家」はどこよりも盛大にいくぞぉ。雪松つぁんがきてくれて、恰好つくべからな。お前らひよっ子ばっかしで、ぴーちくぴーちくやかましいばっかりだった」

若い妓たちに向かって、徳さんがいきなり言い出した。徳さんは言いたい放題だ。すると、突然、若い妓たちは一斉に立ち上がり、徳さんに詰め寄った。

「ひよっ子とは、何よ！」

「ぴーちくぱーちくはひどい！　ひばりじゃないわよ」

と、それこそぴーちくぱーちくと頭のてっぺんから黄色い声を張り上げ、非難を浴びせた。ぽかぽかと徳さんの背中や頭を本気で叩き出した。五人も六人もの攻撃を、徳さんはニヤニヤしながら受けている。

「毎度の騒ぎで……徳さんは、直ぐ口をすべらすから、芸妓たちを怒らせて、いえネ、ほんとはふざけているんですよ」

ふざけているにしては、吃驚するような、この騒ぎ！　まるで蜂の巣をつついたような、大騒ぎだ。

「でも、徳さんにはいいところがあんのよ。芸妓たちの一人一人の事情を、しっかり把握していてネ、いざとなると親身に相談に乗って、それは面倒見がいいんですよ」

おくら婆さんは、目を細め、褒め言葉を口にする。徳さんは見た目は老けてみえるが、まだ、五十をちょっと出たばかりだ。石見銀山から、別子、生野と渡り歩いて、足尾に腰を落ち着けた。家族を石見に残して来たような口振りだが、足尾に腰を落ち着けて三年経つのに、一度も帰った様子がない。

「いい人なんだけど、真実《ほんと》の素性は分からない――」

と、呟くおくら婆あさんとは、二人はいいコンビだった。

雪松は、徳さんと芸妓たちの突然の行動を目の当たりにして、はっと我に返った。

芸者になったばかりの頃、水戸の置屋の女将が厳しい女《ひと》で、芸者としての礼儀や見識を叩き込まれた。芸者というのは酌婦や女郎とは違う。しっかり芸を磨き、人間としての教養を身につけ、高い見識を持ちなさい。決して客にへりくだったり、自己を卑下してはならない。と、教えられた。

鉱山の花街は、芸者も女郎もないのだろうか。芸も教養も見識も必要ないのか――

気がつくと、凍りついた心が溶けている。

恐怖心や不安が消えている。「寿家」の人々の、ほのぼのとした暖ったかさが伝わってくる。一人一人の、雪松を気遣う息遣いのようなものが、凍りついた雪松の心を溶かしている。

口をすべらせた徳さんは、あるいはわざと口をすべらせて、芸妓たちを怒らせ、賑やかなこの騒ぎになったのか。

青筋がたってきた雪松の表情を見て、徳さんが演じた咄嗟の一芝居だったのか。「寿家」はみんな家族、困っている人を見たら、みんなで助ける。相互扶助が「寿家」の家訓なんだよ。心配することは何もない。と、屈託のないみんなの笑顔が、雪松に語りかけている。

それは雪松を家族として受け入れた、歓迎の挨拶、儀式のようにも思えた。

「鉱山町の人々の人情は、素晴らしいもんだよ」

と、椿さんが言ったことがある。足尾には知った人が一人もいないと、雪松が心細さを覗かせ、決心が鈍っていたときだ。

「知った人なんかいなくたって、足尾の人々はみんな人情が厚いから、直ぐ親戚みたいになっちゃうよ」

暮してみれば一日で分かるよ。

説得するための椿さんのお上手口かと、あのときは無視して軽く受けとめていた。が、足尾の人々の人情が真実だったと、雪松は思った。芸妓なのにぶっきらぼうな言葉遣いや、素顔はその辺の女の子みたいなのに、言葉の響きや何気ない飾らない仕種が、緊張をほぐしてくれるのだろう。

雪松は、自分の逃げ腰だった心を、恥かしく思った。そして「寿家」見番の人々が、雪松を足尾に繋ぎとめてくれたことを、嬉しく思った。

第二話　園遊会

一

どこかで見たような顔だ。

見ただけではない。言葉を交わしている。

雪松は胸に差し込む痛みの中で、その男の顔が誰だったか思い出そうとした。

「痛！　痛！」

朝方から痛みは間断なく襲ってきて、起き上がることも出来ない。持病の癪が起こったのだ。よりによって園遊会を三、四日後に控えて――雪松は何か罰が当たったかと、あまりの痛みに意識が朦朧としていく中で、何の罰か。罰が当たるようなことなどしていない。夫と舅を見送ってからというもの、働き詰めに働いて――お天道様からご褒美をこそ……

「おうめ！　梅太郎、寝ぼけていないで早よう起きて来んさいな。早よ、早よ、全く……」

おくら婆さんの、きんきん耳に響く声が遠くのほうでしているような、幻聴のような──

雪松は、この癪が自分を諌める一種のブレーキになっていることは、重々わかっているが、あまりの苦しさに堪え切れなかった。

ほら、ほら、ぐずぐずしてないで……　梅太郎。梅太郎と何度も呼ばれているのは、半玉になったばかりの、体格のいい梅太郎だった。眠たい盛りの、まだ十四歳。

芸妓たちの寝ている二階の階段を、躓きながら駆け上がって行ったおくら婆さんは、梅太郎を起こすのに躍起になっている。

癪の痛みを和らげるのに、てっとり早い方法がある。うつ伏せになった雪松の背中に馬乗りに跨って、鳩尾《みぞおち》のあたりを背中から両方のマムシ指で、力任せにぎゅうぎゅう押す。何度か押しつけているうちに、激しい痛みが和らぐのは事実だった。

「それは人差し指だ。マムシ指、マムシ指だよ。何度いったら覚えるのかね、この娘《こ》は──マムシ指っていうのは親指のことだ」

うつ伏せになった雪松の背中に馬乗りになった梅太郎は、両手の指を顔の目の前にかざして、まごまごしている。

親指といわれて、梅太郎は力任せに押しはじめた。

「痛、痛、痛い！……息が出来ないよ」

今度は雪松が、窒息しそうな声を出した。

「うめは、女力士になったほうがよかったかもしれんな――」

と、徳さんが笑いながら言ったことがある。

梅太郎が「寿家」に来て、まだ日の浅い頃だった。

「何すんの？……」

すれ違いにちょっとぶつかっただけで、細身の妓などはよろけた。転んでしまう妓もいた。金切り声をあげて、大騒ぎになる。

「うち、何んもしとらんよ――」

梅太郎はきょとんとしている。それ以来、みんな梅太郎をよけるようになった。仲間はずれにされて、気にしてめそめそするかと思ったが、そんなことに動じる梅太郎ではなかった。何とも頼もしい太陽のような娘だった。

本山のある間藤の魚屋「魚源」の養女だった梅太郎が、「寿家」に預けられたのは九歳のときだった。小学校四年になるのをたのしみにしていた矢先、「魚源」の源爺が脳卒中で倒れた。

連れ合いのおふさ婆さんは、自分も年をとりすぎ、源爺の看病をしながら、とても梅太郎の面倒までは見切れないと、泣きついてこられ、結局「寿家」は引き取った。

見番である「寿家」が芸者置屋も兼ねるようになったのには、そうした事情があった。極く自然の成り行きだった。

足尾には、チョン太もそうだが、梅太郎のような境遇の子が大勢いた。芸者や女郎が生んだ父《てて》無し子だ。そういう子を引き取って面倒を見ている家は珍しいことではなかった。

大方は料亭や旅館、あるいは置屋や商家などだ。普通の家庭でも、自分の家に子供が何人いようといなかろうと、養女、養子を養っている。自分の子とわけへだてなく育てている。

養子や養女を育てることは、足尾では当たり前のことで、足尾独特の風習だった。

なかには最高学府まで出してやり、社会的地位にもついて、わが子より出世している養子もいる。実の子より親孝行だったりして、養父母たちの自慢話に事欠かないようだ。

源爺のように育ての親に問題が起こると、結果的には料亭や置屋が第二の受け皿になる。料亭や置屋は、女の子なら九十九《パーセント》将来芸妓になってくれるから、有難い。

「寿家」見番はいつか養女たちの駆け込み寺のような存在になっていた。

芸妓たちに芸妓としての芸や躾をおしえるのは、置屋の女将さんたちが交代で出向いてきて、指導してくれる。

若い頃、上方で芸者をしていたというおくら婆さんも、その道あがりの人だから、半玉や芸妓の扱いの心得はあり、躾は厳しかった。

梅太郎は、学業成績は抜群だった。

体形が芸者には向きそうもない、ごっつい女の子なので、学業をつづけさせ、将来、学校の先生でも看護婦でも、自分が好きな職業を選べばいいと、社会に出て通用する人間に育てることに「寿家」では、みなで考えた。

梅太郎も勉強が好きだから、

「ああ、嬉しい!」

と、飛び上がって、喜んだ。

私立古河小学校の四年生に進級して、毎日「寿家」から学校へ通っていた。

ところが、寝食をともにする同い年ごろの半玉が、三味や踊りに明け暮れる中で、いつか梅太郎も三味や踊りに興味を持ちはじめ、自分から芸妓になりたいと言い出し、小学校をやめてしまった。

体格も言動も男の子のような、豪快な娘だから、何をさせてもはらはらするだけで、とても艶も品格もあったものではない。

女力士と綽名がついても仕方のない立ち居振る舞いだった。ただ、頭の回転がいいから、踊りや三味は人より先に、直ぐに覚える。が、形になっているというだけで、何ともぶっきらぼうで、奇怪だった。

その梅太郎が、雪松にとっては、至極重宝な存在だった。

痛みが少し和らいでくると、また、あのどこかで会ったことのある男の顔が浮かんできた。数日前、渋川の橋の上で見掛けて以来、雪松の脳裏から離れない。

一見山師風な、詰襟のシャツによれよれのツィードのジャケットを無造作に着て、ズボンの足元には脚絆を巻いていた。いわくありげな風貌は、間違いなくあの男だ。

足尾へ来る前に会っている。いったいどんな仕事をしている男だろう。人相は悪くないが、眼がじっとしていない。絶えず眼が動いているということは、辺りを警戒するか、或いは何かを追っている証拠だ。

「ああ、そうだ。そうだ」

雪松は、やっと思い出した。

日立の料亭で、客として酌をしたあの男だ。

芸者になって日の浅い頃だ。雪松の仕種が、男の目には直ぐ新米だと映ったのだろう。

「姐さんは、まだ、芸者になりたてのほやほやかな」

と、盃を持った手を雪松の目の前に伸ばして言った。

「生まれは、この辺の土地っ子かな」

「ええ。那珂湊です――」

「人間、いっしょけんめい生きてりゃあ、必ずいいことがあるっさ。負けるなよ」

会話は、そんなことだったような気がする。

芸者になりたての頃の、七、八年前の記憶だから、鮮やかな部分と、曖昧に覚えている部分が、纏まりもなくごっちゃになっている。さらにきれいさっぱり忘れてしまった記憶もある。

どういう人たちの宴席だったのか。料亭はどこだったのか思い出せない。が、みんな妙に神妙な顔をして、宴席が盛り上がらなかったことを、思い出した。

朝飲んだ漢方薬の煎じ薬が効いてきたのか、痛はだいぶらくになり、歪がんでいた雪松の顔が、少し穏やかになってきた。

「園遊会は今年は中止かもしれないと、今、銅山事務所から連絡があった」

徳さんが雪松の部屋に入ってきて言った。

必ず毎年開かれるとは決まっていないが、ほぼ隔年おきには開かれていた。昨年がなかったから、今年は間違いなく開かれると、誰もが楽しみにしていた。

園遊会に招かれることは、町民はほとんどないが、東京の本社から社長が来るので、そのお供を入れると相当の大人数がやって来る。貨車にお土産を積んでやって来る。お土産のキャラメルやチョコレートは、みんなに配られた。

今年は三月に入って大雪が二度も降り、四月に入っても山は、でこぼこの崖の窪みに、万年雪の白い塊を残して、冬枯れのままだ。凍った冬枯れの山を渡ってくる風は、頬っぺたが刺されるように、冷たい。

四月も後半だというのに、足尾はまだ、冬の底に沈んだままだ。

園遊会の日程は四月二十九日、気が揉める。会場となる掛水クラブを巡るように渡良瀬川が流れている。その渡良瀬川の土手一帯の桜並木が、一番人気のお花見の場所だった。渡良瀬集落に架った、渡良瀬橋の真中に立って眺めるのが、最も美しい風景といわれている。

その桜並木の蕾も、まだ、濃い茶色の蕾を固く閉ざしたままだ。

桜の花の開かない園遊会なんて、殺風景で盛りあがらない。

一週間前から桜の枝から枝へ、電線が張り巡らされ、電熱で開花を促すための豆電球が仕掛けられた。蕾は電球の暖熱に騙されピンク色に膨らむ。冷え込んだ大気の中でちらほら開きはじめると、あっという間の二分、三分咲きから、二十九日の園遊会の当日頃には、一気に満開になる。

その桜の木にぼんぼりを吊るし、花見客も混じって、園遊会は夜を徹して賑わう。

今年の園遊会に招かれる坑夫は、皆勤で勤勉で優秀な坑夫以上という噂が立っていた。本山坑、通洞坑、小滝坑の三箇所から公平に選ばれる。坑夫の家族も招かれるので、大人数になることは間違いない。

「噂じゃ正月かもしれねぇと聞いてたんで、若し、招待されたら大変だな。銭かかるべなあって――俺らんちのなんか、真冬に着ていくもんがねえって、大騒ぎよ」

「防寒コートなんか買わされた日にあぁ、祝儀袋幾つ貰ったって、足んなかんべよ。あっは、は、は、は」

笑いごとじゃないよなあ――と、去年の暮れあたりから、坑夫仲間で、そんな会話が飛び交っていた。

ずっと以前は、正月明けに園遊会が催されたりして、招待される人たちは、防寒対策に追われて大変だったようだ。が、数年前から四月の花見時期が恒例になった。

花見の季節の園遊会こそ、その名にふさわしい。と、評判がよかった。園遊会にすべての人が招待されるわけではないが、園遊会が派手に、賑やかに催される、その賑やかさが町民たちは好きだったのだ。お土産のキャラメルやチョコレートも嬉しいけれど、外部と接触の少ない、陸の孤島と呼ばれる、山また山の中の、谷底の町しか知らない町民たちは、銅山が催すことなら、山神祭は勿論、何でも一緒になって愉しんだ。

招待されなかった坑夫たちにも、洩れなく金一封が渡された。なかには天邪鬼《あまのじゃく》がいて、その金一封を町民たちの前で、

「このはした金で、騙されねえぞ」

と、大声で叫びながら、撒き散らすものもいたりして、奇想天外な場面が繰り広げられるので、面白いのだった。

園遊会の料理は、銅山お抱えの関塚賄いが、一手に引き受けている。関塚賄いとは、初代の嘉平が栃木から食料品の行商に来ていたとき、古河市兵衛に気に入られて、お抱えの賄い（料理番）として、本山のある間藤に「暢和館」という、割烹旅館を作り、足尾銅山へ訪れ

る政府高官や、外国からの賓客を一手に引き受け、古河の迎賓館のような役割りをした。

嘉平はフランス料理、直ぐ下の弟は日本料理、三男の末弟は中華料理と、それぞれマスターし、どんな要求にも応じられ、足尾銅山の料理はこんな山の中で超一流と、政府高官や外国人を唸らせたという。

その関塚賄いの料理のメニューも決まった。東京からは精養軒や鎌倉ホテルなどの一流レストランの模擬店が出店する。今年はどこが来るのか、それもたのしみの一つだ。

「寿家」見番では、芸者置屋の芸妓たちの出番の組み分けも済んで、若い妓たちは張り切って、手踊りの稽古に励んでいた。

徳さんのことだから、置屋の女将たちをおだてながら、卒なく調整したのだろう。今年は、雪松がいることで何年振りかで、「寿家」見番が中心になる。

はじめての園遊会の檜舞台で、雪松は「寿家」見番の大姐御役を務めるので、女将たちの関心事は雪松に集中し、何かと、やっかみ半分のざんぞ話が、囁かれていた。

そんな中での持病の癪、よりによって……と、雪松は口惜しくて仕方がない。

「まあ、しゃあないわ。飯場に不穏な空気がたちこめているちゅう、按配だからな――」

徳さんは眉間にたて皺《しわ》を寄せ、苦い顔で言った。

そんな折に、のんびりと園遊会なんぞやってみろ、坑夫たちゃあ黙っていないぜ。そうでなくたって招待から洩れた古参の坑夫の中には、不満たらたらの人間もいる。直ぐにでも暴動がおっぱじまってもおかしくない。

坑夫たちの心理を逆撫でするような、まさか古河さんだって、そこまで間抜けじゃないってことよ――

「園遊会なんざあ、いつやったっていいさ――頃合を見計らって、真夏の太陽がじりじり照りつける、暑っつい日にでもやってみろ」

お前たち、汗だくで手踊りどころじゃなかんべ。と、冗談を言って、苦笑した。

二

飯場の不穏な空気というのは、昨日今日にはじまったことではない。ここ一、二年前から、坑夫たちの不満が爆発寸前の加熱ぶりで、飯場頭との間に、小競り合いが燃え上がったり消えたり、尾を牽いていた。

つまり飯場制度に対する改善要求の抗議だった。

明治時代の鉱山の仕組みは、明治以降に行われた鉱山労務者の管理制度、つまり坑夫は、資本家の輩下である飯場頭《かしら》のもとに所属し、飯場に寝泊りし頭の監視のもとで鉱石を掘る。坑夫の仕事は、太陽の光の届かない地底の穴の中で、地下水や粉塵と闘いながらの過酷な労働だが、足尾銅山の賃金は、他の鉱山よりよかった。しかし、飯場制度ではその賃金は上前をはねられ、日常茶飯事的に、頭から暴力的制裁を受けるなど、前近代的な搾取制度だった。坑夫たちは、いくら働いても飯場頭に首根っこを押さえられているから、頭の虫の居所、好かれているか嫌われているか、いこひいき一つで、稼ぎ高が左右される。

例えば、坑内の切羽の割り振りにしても、富鉱の多い場所とか、採掘しやすい場所を割り振られれば、量産につながる。が、採掘しにくい場所とか、貧鉱しか出ない場所だったりすれば、労多くして少量の鉱石しか掘れず、それが賃金にはね返るだけでなく、お前は怠けていたとして、暴力的制裁を受ける。

おまけに飯場での生活が惨めだった。とても人間扱いとは思えない。一汁一菜、その一菜が沢庵ふたきれだったり、腐りかけた秋刀魚の干物だったり、夜具はせんべえ布団一枚しか貸し与えられない。

そうした飯場制度の改善を求めて、坑夫たちの動きが激しくなっていたのである。

「心配で心配で――お兄《に》いは気性が荒いから」

もう、十日以上も龍吉に連絡がつかないと、チョン太は悲しい顔をする。手掛かりもなく案ずるだけだった。

お兄いと呼ぶが、龍吉とチョン太は実の兄妹ではなかった。雪松は、最近知ったばかりだった。

チョン太は赤子のときに、馬車鉄道の通洞駅舎の前で、浅草豆の小商いをしている「浅草屋」の養女として、育てられた。お兄のほうは「浅草屋」の実の孫だった。チョン太より五歳年長で、チョン太は、三歳の頃から龍お兄いと呼んで、龍吉のあと尻ついて歩き、龍吉も、ほんとうの兄妹のように、よく面倒を見た。

龍吉がいなかったら――と「浅草屋」の爺と婆は口を揃えて、龍吉を褒めた。

「チョン太は、龍吉が育ての親だもんね」

と、ひやかされる。

龍吉の親たち、つまり「浅草屋」の爺と婆の息子夫婦は、浅草で、菓子問屋を営んでいた。

龍吉は次男坊で直ぐ下に年子で三男、四男坊が生まれ、働き者の嫁は子育てに追われながら、商売も手伝うという頑張りやで、爺と婆は見るに見兼ね、三男が生まれたときに、まだ、よちよち歩きだった龍吉を足尾へ連れて来て、面倒を見ているうちに、爺と婆に馴ついてしまい、龍吉は足尾の子になった。

すっかり足尾っ子になってしまった龍吉は、東京に戻って大学に進んで欲しいという両親の希望を、あっさり蹴った。小学校六年が終わると、尋常高等小学校の二年までいって、終ってから坑夫になった。坑夫になって銭儲けて、爺っちゃんと婆っちゃんにらくさせてやりたい。俺は、チャコを嫁にして、チャコも日本一幸せにしてやる。

それが龍吉の夢だった。坑夫になれば夢が叶う。

そう信じて、龍吉は坑夫になったのだった。

爺っちゃんの口利きで、知り合いの田野倉飯場に入った。田野倉飯場は二十人くらいの中どおりの規模だった。田野倉さんは人がよくて、飯場頭には向きそうもない人柄だから、過酷な労働や、理不尽な賃金のピン撥ねなどしなかった。

だから龍吉は、飯場頭にこれといった不満はなかった。

自分には不満がないからといって、仲間たちが憤慨しているのを、黙って見過ごすことは出来なかった。

「命にかかわるような、危ないことに首を突っ込んじゃなんねぇよ」

お前を心配しているみんなを、裏切っちゃなんねぇ。と、爺と婆は、夜遅く「桟草屋」に感心にちょっとだけ顔を出す龍吉に、口を酸っぱくして言った。

「分かってるってば……うるせえな」

いつもそう答えるだけだった。

立ち寄って、ものの十分と経たないうちに、「浅草屋」を飛び出して行くのだが、仕事が終わると、どんなに夜遅くとも、必ず立ち寄る龍吉だった。

龍吉が立ち寄る時間に、チョン太は「寿家」から「浅草屋」に走って行く。だが、いつも間に合わなかった。

「神様の意地悪！」

チョン太は、神様にいちゃもんをつけて、すごすご「寿家」に引き返す。

「お兄いに、チョン太が死ぬほど会いたいって言っといてね」

婆にくどいほど頼んで引き返す。チョン太の寂しそうな後姿を見送りながら、婆は、言葉の掛けようがなかったという。

「暴動が起こりそうか？」

チョン太が「寿家」の裏口から台所に入り、帳場の前の廊下を歩いていると、徳さんが帳場から声を掛けてきた。

「龍、何か言ってなかったのか?」

「会えなかったから……知らんよ」

龍吉に会えない腹いせを、徳さんに当たったってしょがないのに、チョン太は素っ気なく言った。

寝巻きの上に綿入れ半纏を羽織った雪松が、二階の階段を下りて来た。チョン太は、雪松にも素っ気ない態度で、

「爺っちゃんが言ってた。早かれ遅かれ、暴動は起こるなって――」

園遊会が中止になって、よかったけんど……

「よかったけんど、何だ?」

徳さんがせっかちに、催促した。

「東京から、虎之介社長が来るのを爺っちゃんは楽しみにしていた。――わしは来年まで生きられるかどうか分からん。爺は、虎之介社長に会って、お兄いのことを頼みたかったみたい。がっかりしていた」

気弱になった爺のことも、チョン太は心配で辛かった。が、園遊会も虎之介社長も、チョ

ン太にとってはどうでもいいことだった。爺が元気になって「浅草屋」が繁盛して、いつ行っても龍吉が店にいて、優しく迎えてくれればそれでいい。

三代目虎之介社長の足尾での人気は上々だった。創業者の市兵衛、二代目潤吉、虎之介は三代目だ。二ケ月近くも前から歓迎ムード一色で、町のあちこちに歓迎の横断幕が張られている。

坑夫たちの憤懣は、今は、目先の飯場頭に向けられているが、根幹のところは銅山経営者のトップ、いわゆる社長だから、いくら人気のある虎之介でも、憤懣の鉾先は急転直下社長に向けられるだろう。歓迎ムードが一転して、暴動に引火したら、大変なことだ。

坑夫たちは園遊会が中止になって、地団駄踏んで口惜しがった。

龍吉もその一人なのか。徳さんが、

「龍吉のためにも、園遊会が中止になってよかった」

と、チョン太を慰めた。

「龍吉は、いつの間にそんな激しい性格になった?」

俺の知る龍吉は、頭が良くて、思いやりのあるいい若者に成長したと思っていた。と、徳さんは言った。

「あたいが「寿家」へ来てから、変った。芸妓になるのが嫌だったの。裏切られた、裏切られたって泣いたわ」

チョン太は、ちょっと悲しげな表情をした。

「浅草屋」にいたって「寿家」にいたって、あたいはあたいだし、お兄いはお兄いだし……あたいはずっとお兄が大好きだし……チョン太はもごもごと呟くのだった。

坑夫仲間と酒を飲んで、いつものように夜更けに立ち寄ったとき、

「チョン太を、ちょっと呼んであげようか……」

と、婆が口にしたら、チョン太なんか俺とはもう関係ない。言うなり店のお菓子ケースを足で蹴った。ケースは壊れ、豆菓子は売り物にならなくなった。

そういえば、龍吉が蹴ったお菓子ケースのガラスの蓋が粉々に割れて、店番をしていた婆が、ガラスの破片で怪我をした話を、徳さんは思い出した。

チョン太が「寿家」に引き取られたのは十二のときで、五つ上の龍吉は高等小学校を卒業して、坑夫になり、四年経っていた。最初は手子といって坑夫見習いだった。三年も経つと一応坑夫として扱われる。が、何処の鉱山へ行っても通用する一人前の坑夫になるには、友子組合に加盟して、ベテラン坑夫と親分子分の盃をかため、親分の元で三年三月十日の技術

習得の修業をする。

渡坑夫の免状を取ることだ。免状を取ってはじめて日本全国の鉱山で通用する一人前の坑夫と呼べる。

十七歳になった龍吉は、丁度、その修業中だった。

「チャコ（チョン太の本名は知也子）、寿家なんかへ行くんじゃねえぞ。芸者なんかなっちゃダメだ！」

龍吉は、一貫してチョン太が芸妓になることを反対した。

「飯場だって近いし、俺、ちょくちょく帰ってくる。店番やってろよ。お前は俺んちの子だぞ！」

猛烈に反対した。

お前は俺んちの子だ。俺の可愛い妹だ。俺が、絶対に幸せにしてやるんだ。誰にも渡すもんか！

執拗に食い下がる龍吉の、異常とも思える言動に、爺と婆はなす術もなかった。

厳しい掟の中での、三年三月十日の修業中は、さすがの龍吉も、抜け出して家に帰ってくるわけにはいかず、その間にチョン太は、「寿家」に移ったのだった。

或る日、三年三月十日の修業が明けて、「浅草屋」に立ち寄ってみると、チョン太はいなかった。

店先に並べてあるお菓子ケースに八つ当たりして、蹴るようになったのは、そのときからだった。

夜更け、「寿家」へ現れて、チョン太に合わせろと、凄んだこともある。

龍吉は二十になると、少し大人になって十六、七の頃のような、無謀な行動はしなくなった。

が、チョン太にとっては、別な意味の心配が増えた。

思想的な方向へ傾き出したのである。

「何とか鶴蔵という、一年前に日立から来た何とか鶴蔵という活動家に夢中なの……その人の言うことは何でも正しい。その人の言うことを聞いていれば、坑夫として身分が保証されるんだって」

龍吉の言葉を、そっくりそのまま口移しに言ったのだろう。それにしてもチョン太は、ときどきどきっとするような、大人びた口をきくことがある。

「……何とか鶴蔵に、騙されているのと違うかな？」

二階の芸妓部屋に落ち着いて、雪松とチョン太は枕を並べて床についた。が、不安に襲われているチョン太は、眠れそうもない。雪松とてチョン太の小さな心が、不安に慄えていると思えば、何とか救ってやりたいと思う。

今夜ばかりは、とても十五歳の少女とは思えないチョン太に、雪松は面食らった。が、慰める言葉も浮かんでこない。口ごもったあと、深い溜息をついて、

「思想的なんてこと、チョン太ちゃん知ってたの？　大丈夫よ。そんなに心配しなくとも、龍ちゃんはお勉強がよく出来た人だから、頭がいい人はそう簡単に騙されやしないわ。絶対に馬鹿なことはしないから、信じてあげなさい」

言いようがなくて雪松は、誰でも言いそうなことを言った。口調だけは、心をこめて優しく言ったつもりだ。

「何とか鶴蔵という人は、悪い人ではないようなの。坑夫が暴動を起こさないように、必死で止めているんだって。話し合いで解決するのが人間のやることだ、理想だって……」

鶴蔵は、坑夫の一人一人を説得してまわっている。お兄いはそういうところが恰好いいって、鶴蔵に夢中なのだという。

「だからお兄いも仲間の坑夫に、冷静になれ、先走るな！　って、夜も寝ないで駆けづり回

っているらしい」

「そんなら、心配ないじゃないの」

はっとして雪松が言うと、

「お前は犬かって、暴動起こしたい仲間の坑夫から、袋叩きに遭うらしい。どっちにしても心配よ」

全体の空気が、暴動の方向へ大河のように動き出しているときには、それがどんなに正義でも、少数派の動きなど、木っ葉のように、大河に呑み込まれ、翻弄されるだけである。

チョン太は本能で、気は優しいが、一本気の龍吉のことが心配で心配で、いてもたってもいられないのだった。

往還に架かった渋川の橋を渡ると、割烹「八百佐」がある。その「八百佐」を右折すると常盤通りである。大門こそないが、鉱山町足尾の花街の入り口だ。

「八百佐」に並んで、常盤通りに軒を並べる「寿家」が、渋川沿いに、うなぎの寝床のような横長の建物の、障子窓の灯が次々に消えていく。不夜城のように、いつまでも明るく賑やかな花街も、さすがに深夜ともなれば、漆黒の闇に覆われる。

闇の中に一つだけ灯った「寿家」の窓、雪松とチョン太は、龍吉を案じて、終わりのない会話を交わしつづけていた。

三

この人が、噂に聞いていた毯千代か——

はじめて面と向かい合った雪松は、噂にたがわず気ぐらいの高い、負けず嫌いが顔に出ている毯千代かと思った。

伏目がちの雪松に対して、高所から視線を流す。

念入りに白粉を塗り、口紅を濃い目につけて、直ぐにでも座敷に出られるような、派手目の衣装だった。たった今、髪結いから出てきたような丸髷に、これも派手な簪をつけ、あきらかに雪松に、対抗意識を露わに覗かせている。

中止になった園遊会から、三、四日後のことだった。

一度お目もじしたいという誘いが、徳さんを通してあった。既に何度か顔を合わせているはずなのに、改まってお目もじしたいというからには、何か、魂胆があってのことだろう。

園遊会があれば、そのとき話そうと思っていたが……、と、もっともらしく園遊会のせいにして、大袈裟に、雪松を呼び出したのだ。

雪松は、断わる理由もないので、承諾した。

数年前まで、足尾の花街の芸妓たちをたばねていたという大姐御だった。そういう女人を敵にまわすつもりはない。雪松も一度お目もじしておくのが、礼儀だと思っていた。

徳さんやおくら婆さんが色々言ってくれたが、雪松は雪松なりに先入観を持たないほうが、相手の心中を読み易いと、おくら婆さんたちの言葉を、聞いた分は懐に締った。

「毬千代さんは先輩ですから、そそうのないようにご挨拶だけして参ります」

と、お節介をやくおくら婆さんたちを、笑顔で誤魔化し、出掛けて来た。

「あんまり下手《したで》に出ると、毬千代って姐御は、頭《ず》に乗って天下を取ったような気になり、あんた足尾にいる限り、一生頭が上がらなくなるよ。ほどほどにな」

徳さんの声につづき、おくら婆さんの激しい口調が、雪松の背中を追っかけてきた。

「いいからさ、下手になんか出ることないよ。最初からガーン！　と一発やっちまいなよ。かまいやしないさ――」

雪松は振り返り、ニッコリ笑顔を向け、舌をちょろりと出して、外に出た。

落ち合う場所は、常盤通りの中程の路地をちょと入ったカフェ「薔薇」だった。

毯千代が先に着いて、待っていた。

「遅くなりごめんなさい」

と言いそうになったが、言葉を呑んだ。

下手になんか出ることないと言った、おくら婆さんの声が、まだ生々しく体の中で響き合っていた。約束の時間に遅れたわけではない。約束の時間まで、まだ五分もあった。

「毯千代さんには、ご機嫌よろしゅう」

と、雪松は言った。

言葉を交わすのははじめてだから「はじめまして……」と言うべきかもしれない。が、これも急遽、体の中で鳴り響いているおくら婆さんの声に操られて、当たり障りのない挨拶だった。

「まあ、お掛けなさい」

毯千代は、噂にたがわず高姿勢である。

カフェの窓からは、柔らかい緑色に芽吹きはじめた、山の斜面が見える。谷底の町、足尾には地平の果てまで見渡せるような、景色などどこにもない。鼻先につかえるような、三角の山が立ちはだかっていて、鬱陶しい。

その景色にも雪松は、少しは慣れてきた。

「珈琲？　それともミルク？　どっちにするの」

煙草を咥えたまま、なげやりな訊き方だ。

「珈琲を頂きます」

雪松は丁寧に答えた。威圧高な態度にひるむ必要はないのに、どうしてか、心が震えだしている。

何としたことか。雪松らしくもない。珈琲をゆっくりと一口づつ含みながら、雪松は心を落ち着かせた。

「――私を、知ってる？」

横柄なもの言いはつづく。

「足尾へ来て、何ヶ月になる？」

何の目的で呼び出されたのか、訊きたいのは雪松のほうだった。用件を先に言って欲しい。雪松は、やっと冷静になり自分を取り戻していた。

「毬千代さんのことは「寿家」の徳さんやおくら婆さんから、ちゃんと伺っております。足尾の芸者衆の頂点に立っていらしたお方だということ――三味線の撥さばきが一番だったたっていうことも……」

「そうよ。その通りよ。知ってたくせに、あなたは私のところへ、挨拶にも来なかった!」

ふてぶてしげに言い、口惜しそうな視線を雪松に向けた。

毯千代は、数年前、馬喰うの親分に身請けされ、渡良瀬に小料理屋を出して貰って、繁盛していた。

小料理屋の女将なら、足尾の花柳界にかかわりはある。が、芸者の仕事を止めているので、挨拶に行く必要はないと、雪松の挨拶まわりのリストは、徳さんが作った。挨拶廻りに一緒に付き添ってくれた、「寿家」の経営者の一人である、料亭「八百佐」の新佐太郎さんも、

「何、毯千代? ああ、必要ない」

顔の前の虻でも追い払うように、軽く手を振った。

毯千代を抱えていた置屋の女将は、馬喰うの親分が身請けの話を持ってきたとき、二つ返事で、喜んで承諾した。置屋の若い妓たちは、送別の宴席を設け、大はしゃぎにはしゃぎ、鉦や太鼓のどんちゃん騒ぎで、追い飛ばすように送り出したという。

確かに芸者としての才能はあった。が、芸妓たちの頂点にたって、思い上がった。世話になった女将にさえ、支配的な横柄な口をきいた。

雪松が足尾へ来て半年も過ぎたのに、自分のところには挨拶がない。よーしとっちめてやれ！　見番お抱えの芸者として、毯千代のあと継ぎということなら、当然、挨拶があって然るべき。毯千代のプライドが許せなかったのだろう。

とうとうしびれを切らして呼び出したのだ。そのくらいのことは平気でやる女だ。全く、面白れえなあ、あの女は――

徳さんが舌を鳴らしておもしろがった。

「それは、大変失礼をいたしました。ご挨拶が遅れて……」

雪松は丁寧に頭を下げながら、出掛けの帳場での光景を思い出していた。

徳さんという人は不思議な人だ。

全く、ずばりだった。徳さんが推測した通りだ。徳さんは単なるもの知りだけじゃない。鋭い直観力というか、占い師のような術が働くのか、何でもよく分かる。

毯千代は、相手がへこむまで攻撃の手を和らげない。

「……ご挨拶が遅れて、ほんとに申し訳ございませんでした」

雪松は、もう一度頭を下げた。

女の世界は何と面倒なことなのだろう。とくに花柳界の女同士の心理の葛藤はやりきれない。表向きの猫なで声が当たり前の世界、気が休まらない。

雪松は承知していながら、芸者をやめた毬千代に、こんな形で振り回されるとは想像もしていなかった。

「何かあったら相談に乗るから、足尾ではいくら芸者やめても、私が先輩だってこと、忘れないでよ」

おお、厭だ。これ限りにして欲しい。挨拶に来たの来ないのと、難しいことを要求する人とは、浅くも深くも今輪際関わりたくない。

みんなが嫌う毬千代だ。雪松は、

「有難うございます」

とだけ言って、立ち上がった。

軽く会釈をしたとき、ちらっと時計を見た。その雪松の仕種を観察していた毬千代は、不快げな表情で、

「あら、今、来たばかり、まだ十分も経っていませんよ……まだ、大切なお話はこれからよ」

何本目か分からないが、ひっきりなしに煙草に火をつけながら、雪松を引き止めた。挨拶のことなどは、序の口。ほんとはどうでもいいの。これからが、あなたを呼び出した本番よ

――と、決め付けるような鋭い眼差しで、

「お座りなさいよ」

と、強制的な口調で言った。

雪松は、蛇に見据えられた蛙の心境だった。帰るタイミングを失った雪松は、再び椅子に腰をおろした。

そして想像するにもしようのない、意外な忠告を受けることになった。

四

永田鶴蔵という労働運動家の話だった。

全国の鉱山を渡り歩いて、坑夫たちによる労働運動組織を結成しようと呼びかけている。足尾に入ったのは一年前。

「坑夫から労働運動指導者になった人なの。彼のようなタイプの運動家は、日本ではあまり注目されなかったって、うちの人が言っていた。凄い、気骨のある切れ者よ」

毬千代は、鶴蔵とはよく知った仲だと言った。

日本の労働運動や社会主義運動は、知識人が主に運動の主体だった。たとえば片山潜（一八五九—一九三三）のようにアメリカで社会主義運動の知識を勉強してきた人とか、佐野学や麻生久のような、東大出の知識人が中心だった。

実際に、運動の先進的役割を果たしてきた、永田鶴蔵のような労働者出身の活動家も多勢いるにはいたが、大方労働者は文字を書かず、日記や手紙を書かないので、先進的活動をしながら、どこの誰か、その存在すら認識されなかった。

鶴蔵は、社会主義者でもあり、中央の知識人たちと密接な関わりを持っていたので、社会主義新聞などに記事を送ったり、片山潜とは手紙のやり取りもあり、鶴蔵の名前は広く知られていた。

鶴蔵の生涯は、波乱万丈だった。一言でいえば、坑夫たち、つまり労働者のために身を捧げるという献身、自己犠牲的な生き方が、彼の魂の根幹に流れている。

鶴蔵は明治維新直前、吉野に生まれた。小学校を出ると商店の使い走りの小僧になったが、十五歳のとき生まれ在所の宗日鉱山に手子として入った。それが生涯、鉱山で生きることになるきっかけだった。鉱山で働くからには、一人前の坑夫になろうと決意し、十七歳のときに友子同盟に加盟する。親分子分の儀式を経て、親分になった坑夫から技術修得の修業を受ける。三年三月十日の修業が終われば、一人前の坑夫として、渡坑夫の免状が貰える。

固い絆で結ばれた親分子分のつき合いは、生涯切ることの出来ないやくざの世界に似ているが、友子同盟には、技術修得のほかに相互扶助の救済がある。たとえば鉱山事故や、坑夫の職業病のヨロケなどで働けなくなった場合、友子仲間同士で救済しあう。坑夫たちの自主的共済組合のようなもので、全国的な組織だった。だからどこの鉱山へ行っても、渡坑夫の免状を持った友子の仲間であれば、仕事にありつけた。働けなければ一宿一飯の救済に預かることが出来た。

その渡坑夫になった鶴蔵は、各地の鉱山を転々としながら、腕を磨いた。

兵庫の生野鉱山で働いていたとき、古河市兵衛の呼びかけで、新潟の草倉鉱山へ移った。古河は丁度その頃、足尾銅山を創業する準備で、全国から坑夫を募集していた。

鶴蔵にはもう一つの顔がある。キリスト教徒だった。秋田の荒川鉱山にいたとき、外人の宣教師の話を聞いて、キリスト教徒になった。二十五、六歳の頃だった。キリストが他の人の罪を背負って十字架にかかったという教えを、彼は、他人のために働く自己犠牲の精神が、いかに美しく尊いものであるかということを知ったのだ。人間として、そのように生きてみたいと、鶴蔵は決意した。そしてそのことが彼の生涯の生き方の、根底を貫くものとなったのである。

労働運動指導者になったとき、鶴蔵の存在は、鉱山で働く多くの坑夫たちの、希望の光となった。

明治のキリスト教は、日本の社会主義運動と深い関わりを持ち、キリスト教徒が果たした役割は大きかった。社会を変えるほどの勢いがあり、強さがあった。

鶴蔵は、日本の鉱山を転々としながら、行く先々の鉱山でいろんな運動をやった。賃上げ運動。秋田県の鉱山では、坑夫税の反対運動を組織して撤廃した。院内銀山では賃下げ反対のストライキを指導した。とくに坑夫の生命を粗末に扱う経営者との闘いには、特別力を入れた。

日本の資本主義は、鉱山とともに成熟していったといわれる。鉱山が資本主義化されればされるほど、鉱山労働者の危険の度合いは増していく。火薬を使った発破は、爆発事故や落盤事故が高くなる。坑道内の運搬系や立坑のゲージを動かす電気となると、狭い坑道で感電事故が多発する。また、坑道が深くなればなるほど、通気性が悪くなり、酸素欠乏で倒れることもある。鉱石の粉塵で珪肺の発病をはやめるとか、坑夫の生命は常に危険と背中合わせだった。

尊い生命を無駄にして、経営者が儲けるということに、鶴蔵は、強い憤りを持っていたのである。

鉱業条例法ができたとき、これは主に日本の鉱業の発展を助けるための法律だったが、その中に鉱山労働者を保護する規定があった。空文化にひとしいその条例を、鶴蔵は丹念に研究し、闘争の拠りどころにするなど、そういうところが鶴蔵の、なかなか普通の坑夫には真似の出来ない、腹の据わった精神構造を持った、勉強家だった。

勉強家といえば、さらに北海道の夕張炭鉱に移ると、東助松というこれもなかなか度量のある渡坑夫らと、「大日本労働至誠会」をつくり、坑夫の地位向上を目指そうと呼びかけた。炭鉱労働者たちは吃驚した。労働運動といえば、賃上げや労働条件の改善要求とばかり思っていたのに、労働者といえども修養を積み、多くの階層の人たちに尊敬されるような人格を磨こうというのだ。勉強家らしい鶴蔵の描きそうな夢だった。

鉱山の労働者は「呑む、打つ、買う」が相場。仕事が終わると、酒を呑み、バクチを打ち、女を買うというそれしか楽しみがない。みんな、そこから抜け出そうとしない。

本を読み、文章も書ける。ものを考える力を養えば、資本家たちとも堂々と渡り合える。坑夫といえども社会的地位を高めて、世間から尊敬される人間として生きて行こう。「あいつら、俺たち」という、資本化と労働者の身分を分けた、英国型の坑夫から脱却しよう。さあ、勉強だ。と、鶴蔵はけしかけた。

その夕張にいたとき、アメリカから帰った片山潜が北海道に訪ねてきたことで、鶴蔵の人生は大きく変わるのだった。片山潜に、

「お前なら出来る」

と、これまでの運動を評価され、片山に、鉱山労働者の全国組合をつくれと進められたのである。鶴蔵はたじろがず、即刻覚悟を以って決意し、夕張炭鉱を辞め、全国鉱山への遊説の旅に出たのだった。

このときの鶴蔵の覚悟とは、——日本数万の坑夫のために、一身一家を犠牲にするも顧みず候——と、片山潜へ書き送った手紙の通り、十五歳を頭に二歳の幼児まで、六人の子供と妻の七人の家族を、北海道の極寒の中に残して、家財を売り飛ばし、それを旅費にして、イデオロギーのために己の身を賭して——と、主義に殉ずる覚悟を、片山潜へ書き送ったのである。

事実、北海道の雪の中に放り出された家族は、貧困と闘いながらの無残な日々の果てに、結局は、親戚や知人に子供たちは散り散りに引き取られ、一家離散したのである。

実行に移した鶴蔵は、全国の鉱山を遊説しオルグ活動をしながら、足尾に入った。一年前のことだった。「全日本労働組合」の組織を、足尾を拠点に結成することを、決意したのだった。

「永田鶴蔵という人間は、このような人なの。クリスチャンも、坑夫のために一肌脱ぐのもいいけど、妻子を路頭に迷わせてまでというのは、冷酷ね。矛盾よね？　それから鉱山を渡り歩く先々で、女をつくって、その女も次の鉱山へ行くときには捨てる。イデオロギーのためには、非人道的なことをしても、許されるっていうの？」

話終わると、即座に毬千代が鶴蔵を批難した。

チョン太が言っていた、あの何とか鶴蔵と同一人物なのか。雪松が、渋川の橋の上で擦れ違った、あの男。日立の料亭で酌をしながら、二言三言交わした、あの男。あの男が永田鶴蔵だというのか。渋川の橋の上は、擦れ違っただけで出会ったとはいえないが、癪が起こったとき、不意に脳裡に浮かんできた、あの男。

雪松は、長い話を聞かされたせいか、頰が火照った。

「鶴蔵という人のこと、あんたに伝えたかったの……そういう人だから気をつけて」

雪松はもう何を言われても、上の空だった。狙われているという錯覚に襲われた。雪松が

返事のしようもなく、無言でいると、

「鉱山の花街は、東京や京都の花街とは違う。酌婦や女郎、いや芸者だって男たちの道具。道具は必要なくなれば、捨てる。使い捨てだ。鉱山の花街へ来るからには、そういうことも分かっていて、来たんでしょう？」

毬千代は、鶴蔵のことを話して、雪松にどうしろというのか。気をつけろと言われたって――毬千代の真意が分からない。

「はい」

と、雪松は答えてはみたものの、底意地の悪い毬千代が、何を企んでいるか、そのほうが油断がならない。毬千代の真意が読み取れず、黙しているしかなかった。

不愉快といえば、こんな不愉快なことはない。何のかかわりもない、雪松にとっては幻のような人物のことで、呼び出され、尤もらしいご忠告を受けても、迷惑な話。忠告を受けるいわれもない。

雪松は憮然として、立ち上がった。二人の目が合った。雪松は毬千代に向けた視線をそらさず、見据え、

「有難うございました」

と、極めて冷静に、激しくこみあげる語調を抑えて、言った。

帰り道、毬千代の気に障る一言一言が胸に突き上げてきた。雪松の体の中は、しけの海のように白波が牙を剥いて荒れ狂っていた。

カフェ「薔薇」から「寿家」までは数百メートルしかない。

戸外に出ると、五月の爽やかな気温が、ゆっくりと肌に沁みてくる。足尾では夕方になるとそれが一変して、気温が下がり、肌寒い風が吹きはじめる。

雪松はカフェ「薔薇」のドアを背に、襟元をかき合わせ、駒下駄を鳴らして歩き出した。一度も顔を合わせたことのない永田鶴蔵と、深くかかわることになるなど、雪松はこの時点では全く予想もしなかった。

第三話　暴動

一

風向きが変わった。

「煙が、来るぞォー」

往還の遠くの方から、誰かの叫ぶ声がする。山々に木霊し、二重三重になって流れてくる。間もなく太い声、細い声、黄色い声も混じって、まるで合唱のように流れてくる。

そのうちに山から霧が下りてくるように、白い煙が低くたなびきながら流れてきて、町の上空をすっぽりと覆った。

白い煙に覆われる前に、往還に声が流れるとどこの家でも慌ただしく、軒端に並んでいる植木鉢に新聞紙をかけ、あるいは草花の鉢を家の中に運ぶ。

「蛍灯《ほたる》はほんとに、気働きのいい妓だねぇ」

おくら婆さんが感心して褒める。

風向きが変わると、往還に声が流れる前から、誰よりも早く行動を起こすのは蛍灯だった。出窓に並んでいる植木鉢を取り込み、屋上の物干し場に急ぎ、洗濯ものを取り込むのだった。階下にも身軽に飛んで行って、庭の植木鉢に新聞紙をかけ、ガラス戸を閉めて回る。

他の妓たちが腰を上げたときには、もうすっかり終わっている。

さらに隣家が留守だと分かると、新聞紙を手に、隣家へ飛んで行って、植木鉢に新聞紙をかけ、鍵がかかってゐなければ、家の中に取り込んだ。当時の足尾が人情の町といわれるゆえんである。

銅山の精錬所の大きな高い煙突から、間断なく噴出する煙には亜硫酸ガスが含まれている。家を留守にしたり、新聞紙をかけ忘れた草花は、てきめんに枯れた。

丹精した草花が蕾をいっぱいつけ、花の咲くのをたのしみにしていたのに、花を見ないで枯らしてしまったと、悔しがる家は多かった。

「今年は、特別に蕾がいっぱいだったのに……ね」

「おめいが悪いんだべ、鍵などかけたこともねえのに、鍵かけてさ家を留守にして、宇都宮のほうまで何買いに行ったのか……」

夫婦喧嘩にもなりかねない雲行きだった。

しかし、町の人たちは決して銅山に文句を言わない。みんな家の中で無口に、ひっそりと閉じ籠っている。

煙は、ほんの一瞬のときもあり、二時間も三時間も町の上空に淀み、視界が閉ざされたままのときもある。とに角時間が経つのを何時間でも待つしかないのだ。

雪松は、足尾で暮らすようになってはじめて、その現実に直面した日のことを忘れなかった。

不思議で仕方がなかった。

草木が枯死するなら、人体にも影響があるはずだ。それなのに何故？　銅山に抗議しないのか――。

言葉少なに、茶の間の長火鉢を囲んでお茶を飲みながら、とりとめのない会話をしていた徳さんとおくら婆さんの、浮かない姿が印象的だった。

雪松は落ち着かなかった。町の人たちは、どうして銅山に抗議しないのかと、訊きたかった。が、雪松はどう切り出せばいいのか、何か口にしてはいけないタブーのような、威圧感に見舞われて、言葉にはならなかった。

銅山の亜硫酸ガスで、足尾の山は、久蔵沢や松木沢など精錬所の北側に位置する山塊は、既に草木が枯れ尽くし、茶褐色の岩骨を剝き出している。はじめてその光景を眼にしたとき、雪松は、あまりの凄惨な情景に、これはまさしく地獄絵だと思った。

精錬所の煙突から噴出される煙が、深い谷や沢が皮肉にも煙突の役割を果たし、煙は風に押されながらゆっくりと、草木を舐めるように這い登る。標高八百メートル辺で、風のないときには、白い煙は山々をすっぽりと包んで、動かない。

足尾銅山の公害問題は、明治の社会問題として大きくクローズアップされた。銅山の繁栄に比例して、鉱毒害の負もまた言語に絶するものだった。近代鉱山がもたらす負の遺産として、足尾銅山の公害は最も顕著な例だった。

精錬所のある赤倉や間藤の集落ほどではないが、鉱毒を含んだ煙が、鉱床のある備前楯山の中腹をぐるりと巡り、いちばん人口の密集する町の上空に流れてくるのに、さほどの時間はかからなかった。町全体がすっぽりと白い煙に覆われてしまうと、目の前が霞んで視界は零。

誰言うとなく「亜硫酸ガスの降る町」となる。

傍からみたら、人殺しのような何と陰惨な光景だ。

命にかかわるそんな現実、何も言わないというのはどういうことか。言わないのか言えないのかどっちなのだ。雪松は悩んだ。植木鉢を取り込み、黙々と無言で新聞紙を広げている人々の姿に、腹が立った。思わず顔をそむけた雪松の眼に、涙がいっぱいに溢れてきた。

「鉱山町に住むからには、こういう現実もあるってこった」

徳さんが呟いた。

「こんなことに吃驚りしちゃあ、鉱山町で稼ごうなんて気を起こしちゃいけないってことよ」

「ここから出て行くしかないね」

はじめて直面した徳さんの冷ややかな口調だった。

雪松に向かって言ったわけではないだろうが、雪松は自分が言われたような、萎えた気持ちになった。

「鉱山だから、何が起こるか想像つきませんでしたが、亜硫酸ガスに見舞われるなんて……吃驚りしました」

雪松は、心の動揺を気付かれないように、声の調子を取り繕った。あんまり徳さんの表情が険しかったので、何を言いだされるか分からない。これ以上厭な言葉は耳にしたくなかった。自分が不安に落ち込むだけだから。

足尾で生きて行こうと決めた雪松の、自己防衛本能は、苦悩とか悲痛という心境に落ち込まないことだ。どんな小さな歓びでも、愉しいことだけを心に呼び寄せて、暮らすことに決めていた。

人間は、幸福に生きる権利がある。

不幸にどっぷりと浸かった人生なんてナンセンス。生きていることにはならない。苦悩も悲痛も考え方ひとつで、苦悩を苦悩と思わず、悲痛を悲痛と嘆かず、幸福だけを思い描いて心が穏やかになれば、どんな不幸も乗り越えられる。

これまでにも乗り越えて来たではないか。故郷に残してきた一人娘が一人前に成長すること、それが母親としての雪松の夢だった。

亜硫酸ガスの降る町が何だ！

亜硫酸ガスが降るたび、町の誰かが死んだという話は聞かない。白い煙なんかで、そうやたらに人が死んでたまるもんか。

風向きは直ぐに変わる。ほんのちょっとの辛抱だ。

雪松は自分にそう言い聞かせた。

「心配することはないさ。白いガスに覆われたからって、人間は簡単には死にやしないから」

おくら婆さんが同じようなことを言った。

「徳さんは大袈裟なんだよ——徳さんにも弱点があってね、徳さんの泣きどころはこの白いガスですぇ。足尾へ来て、何が一番嫌いかといったら、白いこのガスだっていうから笑っちゃうでしょ。人間って変なもんですぇ」

おくら婆さんは、さも面白そうにあはははぁ——と、声高に笑った。その笑いには厭味な響きが込められていた。

「自分が嫌いなものだから、大袈裟に言って人を驚かす。徳さんの悪い癖ですぇ」

最初は、誰だって吃驚りするの当たり前だがねぇ——と、おくら婆さんの饒舌がはじまった。秋口から春先にかけて、精錬所のある北部の高原木や赤倉、間藤あたりの上空には絶えることなく、身を切るような冬のつむじ風が吹きまくっている。煙突から噴き出す白い煙は、つむじ風に翻弄されて踊り子みたいに空に舞っている。そやけど町民たちは、馴れっこになってしもうて、植木鉢に新聞紙をかけたりはずしたり、当たり前のようになってしもうて、何とも思っておらという話だ……。

調子に乗るとおくら婆さんの饒舌は、真実《まこと》しやかにとめどもなくつづき、終わる気配がない。

が、饒舌のお陰で深刻な一刻はどうやら無事に通り過ぎたようだった。

ほーら、もう風向きが変わってきた。ガスが薄くなってきた。太陽の光も薄く差しはじめてきたじゃないか。

おくら婆さんは立ち上がり、ガラス窓越しに戸外を眺めて呟いた。

二

「チョン太……　チョン太」

常盤通りに面した窓の下で、チョン太を呼ぶ声がする。

龍吉の声のようだ。

雪松は、声のする窓のほうへ急いだ。窓を開けて覗いたが、まだ白いガスがたちこめている視界はぼんやりとしていて、龍吉の姿は確認できなかった。

「雪、雪小母ちゃん。俺、龍吉です。チョン太をお願いします」

龍吉のほうも、気配で雪松だと分かったようだった。

「チョン太は昨日から宇都宮へ行って、留守なの」

こんな時間にどうしたのだろう。「浅草屋」の老夫婦に何かあったのか、不安が雪松の脳裏をよぎった。

龍吉は肩で荒い息をしていた。そわそわした様子や荒い息遣いから、雪松は、益々何かのっぴきならない事件が起こったのだと、気が焦った。

「何かあるのね。表にまわって、家の中で話して──」

龍吉を促した。龍吉は躊躇った様子をみせたが、

「うん、分かった」

答えると、足早に表にまわった。

雪松は、徳さんにも聞いてもらったほうがいいと思い、促して、上がり框に座って龍吉を待った。

龍吉はあてしこを腰につけたままだった。仕事場を抜け出し、坑道から真っ直ぐ走って来たことが分かる。手にはハンマーを握っていた。

「龍、どうした？　その恰好は……　何を慌ててるんだ」

徳さんが驚いた表情で、大きな声を出した。その声に吃驚した龍吉は、荒い息を静めた。深く深呼吸をすると、龍吉は一語一語噛みしめるように話はじめた。

仕事をボイコットした坑夫たちが、坑道内の詰所へ押しかけた。詰所の下級職員と小競り合いをはじめた。その様子がいつもと違う。下級職員をぶん殴り、職員が逃げようとすると、追いかけて捕まえる。そしてまたぶん殴る。一方では、詰所を地下足袋で蹴って、毀しはじめた。

発端は、詰所の職員から賄賂を要求され、これまでにもそうした小競り合いは繰り返されてきたが、今度とい今度は我慢が出来ないと、ものも言わず突発的にぶん殴ったようだった。

「今回は、ちょっと様子が違うんです」

暴動だ。暴動に発展する――と、龍吉は真顔で呟いた。

「どう違う?」

と、徳さんがすかさず訊いた。

「人数だ。示し合わせたように、仕事をボイコットして大勢の坑夫が集まって来た」

「いいからやっちまえ、やっちまえ!」

誰かが叫んだ。こんな詰所のチンピラ相手に掛け合ったって埒があかねえ。鉱山事務所へ押しかけろ!

「交渉がうまくいかなかったら、よーしやっまえ!　今日は徹底的にやるぞ」

「火をつけろ！　火をつけちまえって、みんな興奮して叫んでいた」

坑夫たちが興奮したら、ほんとに何をするか分からない。誰か抑える人はいないのか。鶴蔵はいないのか。たとえ鶴蔵が抑えても、もう聞く耳を持たないだろう。我慢に我慢をしてきたものが一気に爆発した感じだという。

もう誰も止められない。勢いに勢いがついて勝手に突っ走て行く。縦横無尽に暴れ狂うしかないのか。

「やっちまえ！」

「やっちまえ！」

と叫ぶ声だけが響き渡っている。

「龍ちゃんが尊敬している鶴蔵さんは？」

暴力に反対の永田鶴蔵は、黙って見ているのか。猛り立つ坑夫たちをこの一年、永田鶴蔵は暴動に出たがるのを踏みとどまらせてきたではないか。

「力で訴えるんじゃない。貴様ら、何遍言ったら分かるんだ。人間には言葉がある。話し合いで解決する方法をとれ」

暴力は、破壊以外の何ものでもない。暴力を働いた後に何が残る。実りはない。貴様らが求めているのは虚しさか。そうではないだろう。

「常日頃、俺が言っていることをうわの空で聞いているのか！　魂を入れて、耳の穴をかっぽじってよく聞け！　と言ったはずだ」

それとも何んだ、俺の言うことなんぞバカバカしくて聞いていられねえと言うのか――。

お前らは、大馬鹿もんだ。

動物にも劣る。大馬鹿もんだ。

声を嗄らし、口をすっぱくして坑夫の一人一人に、ということはだな、俺は坑夫の数だけ同じ言葉を言ってきた。お前らが坑夫として、誇りを持って幸福な坑夫の生涯を生き切って欲しいと思うからだ……。

細い身体のどこにそんな土根性が漲っているのかと思うような迫力で、坑夫たちを抑えてきた。そんな鶴蔵に歯向かう坑夫は一人もいなかった。が、東助松がある日を境に、坑夫たちと集会を持ってから、鶴蔵の姿を見るとこそこそ逃げ出す者がいた。疚しい気持ちを抱いている者たちだった。

坑夫の多くは暴力に自信があった。対話となると大方が口下手だから、人と相対すると満足に話せない。話は苦手だ。

暴動の起った日、鶴蔵は東京で開かれている「大日本労働至誠会」の幹部会に出掛けていた。坑夫たちを煽ったのは鶴蔵ではない。東助松である。助松は鶴蔵と北海道の夕張炭鉱で、共に働いていた仲間だった。「大日本労働至誠会」決起の、鶴蔵と並んで立役者でもある。

イデオロギーは同じでも、目的を達成するための手段は、根本的に異なっていた。対話型の鶴蔵に対して、助松は実力行使、つまり暴力もやむなしというタイプのリーダーだった。

力で訴えて、足尾銅山が首になったら、俺がお前らの面倒を見よう。と、日頃から軽々しく豪語していた。

「よーし、まとめて面倒見よう。お前らが路頭に迷うことはさせん。夕張へ行けばいくらでも仕事はある。夕張は何人でも鉱夫を必要としている。いいか、お前ら……俺に従いて来い」

助松は、親分肌をちらつかせ、坑夫たちに常にけしかけて、気焔をあげていた。資本家と労働者の対話など、成り立つわけがない。と、理想主義者の鶴蔵への皮肉ともとれることを口にしていた。

その鶴蔵が留守なのは都合がいい。

日常茶飯事的な、朝の詰所での下級職員と坑夫たちの小競り合いを、助松は止めるどころかにやにやしながら眺めていた。煽ったというのだ。

足尾入りした鶴蔵の目的は、理想主義者といわれようと、坑夫の幸福を守る組合をつくること。暴動に訴えることではなかった。鉱山労働者の権利を守る全国組織の労働組合を、足尾につくる。鶴蔵が足尾を拠点としたのは、勿論、足尾銅山が全国に轟かした、銅生産量トップの活力ある鉱山であること。従って坑夫の数も全国トップだ。さらに坑夫の労働力の質が高い。東京に近いという地の利もある。

それに鶴蔵は、初代経営者の古河市兵衛にぞっこん心酔していた。市兵衛の人間性に惚れていたのだ。

明治政府が見向きもしなかった足尾銅山は、徳川幕府の乱掘で荒廃し、衰退しきっていた。その足尾銅山の再開発に、反骨精神で臨んだ古河市兵衛という人物は、一風変わっていた。明治のはじめサムライたちは、チョン髷を切ってカミシモを脱ぎ、西洋式の洋服に着替えた。草鞋を革靴に履き替えた。牛肉とやらを食し、西洋かぶれすることが、時代の先端と意気がり、新しがった。

ところが市兵衛は、日本人なら大和魂を忘れてはならん。と、最後の一人になるまで、誰に何と言われようと、チョン髷頭を切らなかった。木綿縞の着物にモンペを穿き、キャハンを巻いた足に、さすがに草鞋はやめて革靴を履いた。武士の象徴ともいうべき、紋付羽織りをひっかけたいでたちを貫いた。

最後は、井上薫に説得されて、無理矢理チョン髷を切られた話は有名だ。

しかし、西洋の技術は積極的に取り入れ、鉱山の近代化に新風を送り貢献した。鉱山に欠かせない削岩機などは、イギリスから輸入し、改良に改良を重ねて足尾式削岩機を開発、あべこべに諸外国に逆輸出するという才覚振りだった。

市兵衛は、和洋折衷型、つまり日本の良いところは残し、西洋の優れた技術はどんどん取り入れ、近代鉱山の確立を目指すべきと、「和魂商才」を唱えた。一鉱山の発展や利益追求のみにとどまらず、明治政府が目指した殖産興業に寄与したのだった。

市兵衛の足尾銅山が、その全国鉱山の先がけとなったことは、金属鉱山の歴史に足跡を刻み遺したことで分かる。

金属鉱山の発展は、日本の産業革命と呼ばれ、今日の科学技術発展の端緒となった。

しかし、衰退しきった足尾銅山に取り組んだ初期の頃は、市兵衛といえども大変苦慮した。裸一貫ではじめたわけだから、とくに資金繰り面で行き詰まった。新潟の草倉鉱山の利益をほとんど足尾に注ぎ込んだ。綱渡りの操業だった。

辛抱の末、七年目にしてやっと大直利〔銅鉱の塊〕を発見し、それから数年で日本一の、いや東洋一の銅山になった。

市兵衛の社是は「運・鈍・根」。

運は、その人にそなわった天賦のもの、運命というものは自分の意志で動くものではない。鈍は、字のごとく鈍いこと。能なしの馬鹿ということだ。愚鈍な人間のことである。「自分のような学もない、知識もない、鉱山のことしか出来ない愚かもの。馬鹿の一つ覚え……という言葉があるだろう」が、口癖だった。

ちなみに鉱山王と呼ばれた市兵衛は、明治の三無学の一人と呼ばれていた。新聞も碌に読めず、社説などは全く理解出来なかったという。あとの二人は、一人は三井財閥を起こした三野村利左衛門。もう一人は天下の糸平といわれた田中平八だそうだ。

根は根性のことで、市兵衛は根性だけは誰にも負けなかった。愚鈍な人間でも、根性をもって根気強く一つのものに取り組めば、成功する。あとは運に任せる。運があれば成功するし、運がなければ一生うだつが上がらない。努力をしてあとは天に任せるという社是だ。

その市兵衛が、草倉鉱山の坑夫を募集したとき、関西の生野銀山から、大勢の坑夫が応募した。生野で働いていた鶴蔵もその中にいた。

はるばる関西から東北の新潟まで移動する坑夫の集団を、東京で市兵衛自らが懇ろに出迎えた。神戸から船で東京へ下船した一行を出迎えた市兵衛は、東京に宿をとり、その夜は大判振る舞いのご馳走でもてなした。一人一人の坑夫に声をかけ、にこやかに歓迎したのである。坑夫たちは感激し、こういう親分なら、足尾銅山に骨を埋めてもいい。一生懸命働こうと決心したというのだ。

鶴蔵はいたく感動した。ちんちくりんのチョン髷頭の、風采のあがらない番頭のような男が、

「みなさん、遠路ようお出で下さった——有難うございます」

と、深々と頭を下げたという。

そのときの市兵衛の誠実な姿が、鶴蔵の瞼にじんときた。そして胸の奥ふかくに焼きついた。その日から二十数年、全国の鉱山を渡り歩いてきた鶴蔵だったが、労働運動家になって気がついたことは、市兵衛の幻影がいつも一緒について回っていたことだった。

古河市兵衛の足尾銅山は、鶴蔵にとって鉱山労働者として生涯を全うしようと決めた、最後の夢を果たす鉱山だった。

鶴蔵は、鉱山労働者の指導的立場に辿り着いて、坑夫あがりの労働運動家としての長い旅路の果て、望み通り足尾に辿り着いたことが嬉しかった。

痩せた強面の鶴蔵の眼に、とめどもなく涙が溢れた。それを知っているのは渡良瀬の馬頭頭

と、その女房の毬千代だった。渡良瀬で毬千代がやっていた小料理屋へ、鶴蔵はよく通っていた。

鶴蔵が何度目かの足尾入りしたとき、市兵衛は、胃がんを患い第一線から退き、大磯の陸奥宗光の別荘で静養していた。そして、鶴蔵の足尾入りと前後して亡くなった。

二代目は陸奥宗光の次男の潤吉が養子になって跡を継いだ。三代目は実子の虎之助だが、鶴蔵は市兵衛の足尾銅山に惚れたのである。

市兵衛のつくった鉱山に対して、恥ずかしくない礼節ある鉱山労働者の組合をつくる。それが鶴蔵の理想だった。夢だった。鶴蔵という坑夫あがりの労働運動家の、誇り高き理想主義を誰も信じるものなどいないだろう。が、鶴蔵は、己が信じればそれでよい。それでよい。と、一人頷くのだった。

資本家と労働者の対話——市兵衛なら対話が実現しただろう。その市兵衛がみまかったことに、鶴蔵は地団駄を踏んで悔しがった。足尾に戻って来た時期が遅かった。市兵衛が現役で仕事をしている時期に戻ってくるべきだったと、悔やんだのだった。

やけ酒をあおる鶴蔵の様子を見て、渡良瀬の頭も毬千代も、慰める言葉もなかった。明治三十六年の暮れだった。七十二歳の生涯を閉じた市兵衛の墓前に、鶴蔵は、馬頭頭と毬千代を誘って三人でお参りしている。

三

もう後へはひけない。

これは暴動に発展する。猛り立つ坑夫の怒声がどんどん大きくなっていく。その様子をはらはらしながら見ていた龍吉の耳に、

「やっちまえ、やっちまえ。火攻めにしろ！」

と叫ぶ声が入った。龍吉はその声を合図のように「寿家」に向かって走り出していたのだ。

「……町に火が燃え移ったら――爺っちゃんと婆っちゃんは逃げ遅れる。チョン太に安全な場所に避難させて貰おうと思って、頼みに来た」

チョン太がるすと聞いて、龍吉は真っ青になった。表の玄関口に突っ立ったまま、ぽかんとしていた。

「分かった。お前の頼みは分かった。……それより龍、あんたは暴動には反対していたんだから、人を掻き分けて先頭に立って、煽るような真似はするなよ」

徳さんが諭した。

龍吉は聞いているのかいないのか、返事はなかった。

雪松は、龍吉の顔に視線を当てたまま、

「「浅草屋」の爺っちゃんたちのことは、あたしが引き受けた。これから直ぐに安全な場所に連れ出すから、心配しないで」

それより、心配なのは龍ちゃん。無茶しないでね。ほんとに暴力では何ひとつ解決しないから——言うと、下駄を突っかけて龍吉の傍らに走り寄り、龍吉の肩に手をかけて、優しく揺すった。

四つのときから東京の両親の許を離れ、「浅草屋」の祖父母の許に来て育てられ、祖父母の深い情愛の絆で結ばれた龍吉は、足尾に根をおろそうと考えて坑夫になった。祖父母は喜んだが、坑夫になったばかりに、さまざまな危険なこと、過酷な憂き目にも遭う。

自分で選んだ道とはいえ、何だか可哀想で——と、雪松は、まだどこか幼さの残る顔をじっと見詰めた。

龍吉は、雪松の言葉に安堵した表情で、

「雪松姐さん。よろしくお願いします」

と、深々と頭を下げた。

そして頭を下げたまま、間髪を置かず、さっと往還に飛び出した。

その様子は殺気だっていた。身体ごと熱く燃え滾った火の玉のような勢いで、往還を通洞坑のほうへ走って行った。

「あの様子では、もう誰も止められないな……」

徳さんが茫然と、龍吉が飛出して行った往還へ視線を向けたまま、呟いた。徳さんの目は度肝を抜かれたように虚ろだった。

こうして龍吉のお陰で、「寿家」見番では、いち早く暴動の情報を知ることができた。

龍吉が風のごとく立ち去って、間もなく、

「通洞の倉庫がやられたらしい！」

と、けたたましい声がして、町の消防団員が往還を走って行く。往還はまたたく間に殺気だってきた。

通洞や本山と「寿家」見番のある赤沢までは、目と鼻の先、通洞の倉庫に火がつけられたら、それこそ町が火の海になる。町の中心地の松原や、花街で賑わう赤沢など、狭い路地に木造住宅が密集している。風に煽られなくとも、火柱が飛び散っただけでひとたまりもない。

火の海だ。

倉庫というのは、鉱山関係者の食糧保管庫のことだ。米、味噌、醤油、油などの主食品と薪や炭の燃料が大量に保管されている。それを地域に配置された「三養会」という購買部が売り捌く。「三養会」は、銅山関係者の生活協同組合のようなもので、銅山が運営していた。

自分たちの食糧庫を狙うことは、てめえの首をてめえで締めるようなものだが、昔から兵糧攻めという戦略がある。足尾銅山全山を賄っている食糧庫だからこそ、痛手を負う。狙い甲斐があるというものだ。

暴動とはそういうものだ。ひたすら破壊に向かって行動する。人間の狂気以外の何ものでもない。

覚悟はしておかなければならない。鉱山に暮らす町民たちは、不測の事態に備えて平時から覚悟はしている。風向きが変わって白い煙の「亜硫酸ガスの降る町」もそうだが、個々人がそれぞれ防衛策を講じる。雪松は、芸妓たちを一階の広間に集めた。

徳さんは、さしせまった今夜のお座敷の予約の取り消しや、「八百佐」と「一丸」と「斎藤楼」の旦那たちへの連絡に大童だった。帳場の電話の前に座りっぱなしだ。

おくら婆さんは、大事な商売道具だけでも持ち出したいと、大きな風呂敷包みを、もう幾つか手際よくまとめている。台所手伝いの女たちは、通いのものを家に帰し、あとは徳さんの指示を待っている使い走りの小僧と番頭相手に、講釈しながら荷造りをさせている。

万全を期さないと、とんでもないことになる。

「チョン太がいないから、蛍灯ちゃんあなたにしっかり頼みますよ。三人の半玉たちの、安全確保ね」

雪松はてきぱきと、声を張り上げた。

「いいかい梅ちゃん。梅太郎と佐吉と桃ちゃん、ほら桃奴。よく聞いてないとあんただけ逃げ遅れて焼け死んじゃうよ。あんたたち三人は、自分の大切なものだけ持って、蛍灯ちゃんの誘導に従って逃げるのよ。分かった？」

「はぁい。分かった」

「うん。分かったよ」

「分かった、分かった。今すぐ逃げるの？」

幼い三人の半玉は、坑夫たちの暴動がどういうことなのか、分かっていない。恐怖心などさらさらない。周りの騒然とした空気に呑み込まれ、右往左往しているだけだった。

雪松とおくら婆さんの、緊張した様子を珍しげに、きょとんとした顔で眺めている。

「いつでも逃げ出せる準備をしておけば……」

「外は寒いからね、毛糸の下着や股引穿いて、いっぱい着込んで、風邪ひかんようにせんと——襟巻も忘れんようにな」

おくら婆さんは、孫娘にでも言うように、促す。

生憎、二月の足尾は気温が氷点下まで下がる。とに角寒い。日がな一日風花が舞い、それが雪に変わり、また風花に変わりを繰り返して、やがて本降りの雪になる。あっという間に十センチや二十センチはすぐ積もる。

染太郎と静香と歌川、葛城と貞奴はおくら婆さんの指図で、大事な道具を運ぶ。

雪松は、智恵遅れの芳哉の面倒をみながら、全般に目配りする。

総司令塔は徳さんだ。

本山、通洞、小滝の三坑が同時暴動となったら、安全な逃げ場所はない。明治四十年当時、三万八千人余にふくれあがっていた人口だ。狭隘な谷底の町のどこに、三万人もの町民が、逃げおおせる安全な場所があるというのだ。

徳さんは、

「唐風呂方面はどうだろう？」

唐風呂は、小滝坑への道の分岐点からちょっと先、餅ケ瀬川に沿って、足尾では古代から人の住んだ土地だった。深い森林に覆われた山中に七、八軒、国道に面して数軒の集落だ。古代からずっと畑作農と林業で生計をたてて来た。銅山とは関係なく、大学教授や医者に出世した後裔もいて、森林の中に大きなお寺のような屋根の旧家が数戸、ひっそりと暮らしていた。

ここには銅山と無縁の、静寂な暮らしがあった。

その中の一軒の家と徳さんは懇意にしていた。懇意というより世話になった。徳さんが足尾に腰を据えることになったきっかけをつくってくれた恩人だった。

その旧家は神山家といい、唐風呂では一番のお大尽。神山家の嫡子だという、年の頃五十代の大学教授が、普段は東京の家に暮らしているが、休日には足尾へ帰って来る。どこでどう知り合ったのか、徳さんは自分のことは決して詳細を口にする人ではないので、言わなかった。そのことをおくら婆さんは、

「徳さんは得体のしれない男。水臭い。ほんとにどこの馬の骨だか分からない」

と、鬼の首でもとったように言う。

が、徳さんは石見の国の生まれで、石見銀山の港町温泉津温泉街の、ある老舗温泉宿の支配人をしていた。全国にその名を轟かせていた足尾銅山の景気を聞き、心煽られて、よーし

俺もひとつひと稼ぎしてこようかと、妻子を石見に残し、足尾へやって来た一人だ。

何の当てもない。行けば何とかなる。足尾銅山の飛ぶ鳥も落とす勢いだから、誰でも行けば何とかなると錯覚してやって来る。

神山家の大学教授の信頼を、どこでどう得たのか、徳さんは笑って「まあ、まあ」とだけしか言わなかったが、とに角「寿家」見番が店開きしたときには、徳さんはもう総支配人として、紹介されたのだった。

おくら婆さんが来たのは、その後だった。

おくら婆さんの素性はよく分かっていた。江戸時代の足尾銅山の奉行所で、下っ端役人をしていた父親が京都の出、十歳くらいのときに父親の病死という不幸に遭い、母親と妹は足尾に残り、おくら婆さんだけ、京都の父親の実家に引き取られて育った。

おくら婆さんの人生も、決して恵まれた人生とはいえなかった。一度は結婚もしたが失敗し、京都の花街で大半を下働きとして過ごした。五十代半ばになって、生まれ里の足尾恋しさに、足尾で〝結婚している妹を頼って戻って来たのだった。

花街で生きている人たちは、洗えば、芥も塵もいっぱい出る。雪松とて同じ、触らぬ神に祟りなしと、雪松は自分からは決して、人の素性をさぐり出すことはすまいと、心に決めていた。自分のことも言わない。

唐風呂の神山教授のご推盤なら間違いない。「八百佐」も「一丸」も「斎藤楼」もあるじたちはどこか鷹揚で、こぞって太鼓判を押した。無条件で信用された徳さんは、人前で確かに堂々としていた。

「寿家」が営業をはじめて丸七年、今までのところ、徳さんの信用は厚かった。

「ほんまに、どこの馬の骨か分からんお人や言うに……」

と愚痴るのはおくら婆さんだけだ。徳さんからみたら喧嘩の相手にもならない。

「家族が石見にいるというけれど、まだ、一度も帰ったことがない。家族からも連絡らしい連絡もない。ほんまは一人もんと違うんかな……」

徳さんとの意見衝突に負けると、おくら婆さんは、ほんとはどこの馬の骨か分からんを繰り返し、得体の知れないお人――と、忌々しげに言う。

「そのうち、必ず化けの皮を剥がしてやる――」

むしゃくしゃする気持ちを、そうぼやくことで口惜しいが、仕方なくぐっと呑み込むのだった。雪松は、ときどき繰り返す二人の、そんなぎくしゃくした諍いにも慣れた。

「今は緊急。おくら婆さんも感情を沈めて……」

唐風呂は、小滝坑から避難してくる人たちでごった返す。唐風呂は反対だと主張するおくら婆さんを、雪松は必至で宥めた。

「寿家」の二十人足らずの人たちなら、どうぞいらっしゃい。受け入れは問題ない。遠慮なくいらっしゃいと言ってくれている。この際お世話になりましょう。唐風呂まで、歩いて一時間足らず、女、子供の足だから、あまり遠くへは行けないわ。唐風呂くらいが丁度いい。一端、取り敢えず唐風呂まで逃げて……　と、雪松は、興奮しているおくら婆さんを説得する。

暴動が長引くようだったら、次の段階を考える。そうするしかないと雪松は説得する。既に暴動が起こってしまったこの際、好き嫌いを言っている場合ではないのだ。

暴動の情報は、刻々と深刻さを増した。

一端収まったかに見えた通洞の騒動は、二日後の本山坑の暴動の激しさに刺激されて、本格的に、通洞坑、二キロも離れた小滝坑まで暴動の渦巻く鉱山となった。

通洞坑の倉庫のほうから煙や炎が上がりはじめた。「寿家」の物干し場から、手にとるように見える。全く鉱山側は、何の防御の方策もしないのか。坑夫たちのやりたい放題だ。往還には、家財道具を積んだ大八車が、今市方面に向かって、車を軋ませ通り過ぎる。大八車の両側には、ぶらさがるように摑まった家族の姿があった。

赤子を背負ったねんねこ姿の若い主婦が、幼い子供たちの手を引いて、躓きながら歩いて行く。

唐草模様の大風呂敷を担ぎ、腰の曲がった老婆の手を引いて、大声で怒鳴り散らしながら歩く爺の姿。町民が、通洞の倉庫の煙を見て、避難しはじめたのだ。

逃げ出すタイミングは、早いに越したことはない。町に火の手が上がってからでは遅い。狭い往還が人で溢れたら、身動きが出来なくなる。

「よーし、唐風呂だ！」

徳さんが号令をかけた。

おくら婆さんの気持ちなど木っ葉微塵に砕かれた。

唐風呂の神山家には、既に前の日「浅草屋」の老夫婦を非難させて貰っている。

四

暴動は、十日ちかくつづいて、やっと沈静した。

二月十一日になって、やっと高崎駐屯の〝第一師団三百八十名の軍隊が出動し、鎮圧したのだった。国家権力には坑夫たちも歯がたたなかった。

二月四日に起こった通洞坑の坑夫と下っ端職員の小競り合いにはじまった騒動は、六日の午後になって、本山坑へ飛び火し、本格的な暴動に発展した。本山の倉庫や事務所がやられ、役宅の焼き討ちがはじまって、収拾がつかなくなった。

坑夫たちは倉庫に山積みになった酒樽を、片っ端しから栓を抜き、酒をあおって、気勢を挙げたからたまったものではない。その勢いで、所長役宅目がけて突進し、火を放った。

本山一帯は、所長役宅をはじめことごとく破壊され、建物は燃え尽きた。黒焦げの焼け野原になった、池の中に、反物や酒樽、その他贈答品が包装紙のまま大量にぷかぷかと浮かんでいた。持ち出したもののままならず、池に放り込んだものと思われる。

銅山のお偉いさんたちはみな逃げた。当時は、鼻の下に髭を生やしたり、眼鏡をかけている人は、お偉いさんと思われていた。そこで役員たちは、眼鏡をはずしたり、髭を落として逃亡したという、滑稽な噂が残っている。

しかも逃亡先が、銅山の製材所のある根利山（群馬県）だ。根利山へはものを運ぶ鉄索しか通っていない。鉄索には人間は乗れない規則だ。皮肉にも役員たちはその掟を破って、我れ先に鉄索に群がった。というので東洋に名を轟かせた足尾銅山のお歴々が、何たる無様な体たらく――と、後々まで笑い草に語り継がれている。

暴動を起こした坑夫たちは、よっぽど冷静で、無差別に焼き討ちをはかったわけではなかった。ちゃんと行動を判別していた。常日頃、坑夫たちに人間的な優しさで接触してきた役員に対しては、坑夫たちも信頼を寄せていたので、役宅に火を放つ前に助け出していた。その役員には被害が及ばないように、怪我をさせないようにと、数人がかりで背負ったり、手を引いたりして、安全な場所に連れ出したという。

それから松木川に架かる古河橋を渡った左岸に、足尾で唯一の銅山病院がある。坑夫たちはさすがに病院だけは襲わなかった。黒焦げの焼け野原の丘に、赤十字の幟が翻り、そこだけ慌ただしい人の往来があって、病人や怪我人が担架で運び込まれていた。

今回の暴動を支配したとみられたのは、足尾に本拠のある「大日本労働至誠会」だった。「至誠会」の幹部の大半が検挙された。実際に、暴動を焚きつけたのは、一号飯場の中堅坑夫たちの独断的行為だった。長年の飯場制度に対する鬱憤が爆発したのが、真相だった。坑夫の大半は「至誠会」だから、「至誠会」が槍玉に上がっても仕方がない。「至誠会」の事務所は松原の表通り往還にあった。

事務所には大太鼓が鎮座し、毎日、お祭り騒ぎのように、にぎにぎしく太鼓を叩いて景気をつけていた。ときには街頭演説の場所へ担ぎ出して、打ち鳴らしていた。

夕張炭鉱から渡って来た東助松は、「至誠会」結成に尽力した有能な幹部の一人で、鶴蔵と違って実力行使派だったから、暴動の現場に駆けつけていて、検挙された。

東京の会合に出掛けていた永田鶴蔵は、消息が分からなかった。当然、至誠会の代表的存在だったから、暴動勃発の連絡は逐一届けられていただろうし、検挙は免れない。東京で拘束されたという噂と、足尾へ向かっている途中摑まったという情報が入った。

が、一部には暴動の連絡を受けて、急遽足尾へ向かったが、途中で東京へ引き返したとか、遁走したとか――いや、彼の新派が鶴蔵を匿ったとか、さまざまな噂が流れた。

憶測が入り乱れていて、誰も真実を知るものはいなかった。

東助松と永田鶴蔵の労働運動には、大きな違いがあることは、みなが知っていた。助松の過激な実力行使を、キリスト教思想に大きく影響された鶴蔵は、過激な暴力行為を野蛮と一蹴した。

言語による人間対人間の対話。

人として対話こそが、労働者の幸福を守る有力な武器であると明言し、二人は対峙した。

鉱山労働者を守る労働組合「至誠会」を、暴力の根城にしてはならない。と、激しくやりあった。

坑夫たちが暴動に訴えて、全員首になったら、俺が夕張に引き連れていく。路頭に迷うような惨めなことはさせんと豪語した助松に、坑夫の多くは頷き、助松を信じるのだった。

鶴蔵の思想は絵に描いた餅、理想論だと野次った。

しかし、龍吉のように、少数派だが鶴蔵の思想に心酔している坑夫もいる。

よしんば検挙されても鶴蔵は、直ぐに保釈される。と、雪松も、夜半にふと目が覚めたときなど、鶴蔵の安否が気になっているのだった。

暴動の鎮圧から一夜明けた翌日、一日中待ったが、龍吉は姿を見せなかった。雪松は気が揉めて仕方がなかった。

まだ、煙の残る無残な役宅の焼け跡に、風花が舞っていた。谷底の町を囲む三角の山々の峰には、一年中で一番寒い二月の、どんよりとした鉛色の雲が低く、山の峰に垂れはじめ、本降りの雪になりそうな日だった。

爺っちゃんと婆っちゃんが心配でたまらない龍吉だ。無事なら一目散に飛んでくるはずだ。

宇都宮に出掛けていたチョン太も、今朝は一番バスで帰って来て、

「一週間ぶり。こんなに長く足尾を離れたのははじめて。爺っちゃんと婆っちゃんに早く会いたい。龍ちゃんも暴動に参加したの？　大丈夫だった？　怪我しなかった？」

鉄砲玉のようにぽんぽん言ってから、やっぱり龍吉のことが一番気になるのだろう。龍ちゃん。龍ちゃん。龍ちゃんは大丈夫なのかしら……と、心配する。

雪松も暴動の跡の、真っ黒焦げの無残な様子よりも、龍吉の安否が頭から離れなかった。

町に火が襲ったときのことを想定して、綿密な避難計画をたてた「寿家」の準備は、実行寸前で解除になった。安堵と嬉しさと気が抜けて腰抜けになった。

一階の大広間に顔を見合わせて、大笑いした。

が、おくら婆さんは、声を殺して泣き笑いのような、拍子抜けのした笑いだった。

「何はともあれ――」

と、おくら婆さんが、低く言った。

「怖かった！」

と、梅太郎が誘うように言うと、みんなつづいた。

「焼け死んじゃうかと思った」

「あたしだけ、足が動かなかったらどうしようと思った」

「足尾ちゅうところは、やっぱり恐ろしい。あたしは坑夫のお嫁さんになろうと決めていたけど、坑夫は止めた！」

堰を切ったように、わいわい言いだして、やっと悪夢から覚めた。

いつもの「寿家」の賑やかさに戻ったかのような雰囲気だったが、

「龍ちゃん……　龍ちゃんはどうしているのかしら、心配」

と、雪松が呟くと、またみんなしゅんとなった。

そこへ外出していた徳さんが戻って来た。

「やっぱり雪が本降りになった――寒いわけだ」

徳さんは独り言ちながら大広間に顔を出すと、

「龍吉が大怪我をして、銅山病院に運ばれたらしい。俺、病院に行って来る」

言うと、徳さんは休む間もなく、出掛けた。

雪松は、もう一つ気になっている永田鶴蔵の情報も訊こうとしたが、やめた。

第四話　ダイナマイト心中

一

神子内《みこうち》川の川瀬が白い波を見せている。

暫らく雨がないので、河原は乾ききっている。川底の石が露出するほどの細く、浅い流れだ。山また山に囲まれた内陸性気候の足尾では、秋に雨がないのは珍しいことだった。日光との山つづきの地蔵岳を源流とする神子内川は、深山特有の清流で、岩魚やヤマメが生息している。夏場は子供たちの水泳《みずあび》で賑わった。

両岸が迫って、幽谷美を織り成す景色は、訪ねる人の眼を奪った。春には淡い七色の芽吹きに染まり、仄かに白い山桜がぼんぼりのように咲く。夏には、純白の山梨の花や、薄紫の山藤が咲く。秋は、楓やななかまどやもみじの紅葉の競演が見ものだ。山ぶどうがたわわに実り、紫色のあけびが、向こう岸の傾斜面の、きつい河岸になだれている。

料亭「河瀬」はそんな幽谷美を借景に、神子内の山の中にたった一軒、コンクリートの神子内橋のたもとに建っている。

神子内の往還から一キロほどしか入らないのに、その辺りはまるで夢のような別天地だった。

道路に面した表は平屋建ての構え。裏庭へ回ると、河岸に足げたのある三階建てだった。間口も狭く小さいが小粋な料亭だった。神子内川で捕れる川魚料理が名物で、銅山を訪れる東京からの客人たちに好まれ、ご贔屓に預かっている。

ついでに言えば、裏庭といってもヒノキの山だった。気持ちのいいほど真直ぐに伸びたヒノキ林の中に、散策をたのしめる小径があり、小径の両側には躑躅や紫陽花が植えられていて、季節ごとの花をたのしめる。

雪松たちがその料亭「河瀬」に着いたとき、五時を少しまわっていた。秋のつるべ落としの陽は既に翳り、色鮮やかな折角の紅葉も、翳りはじめていた。

「河瀬」は「寿家」見番を贔屓にしてくれて、雪松はもちろん、芸妓も名指しで、いつも同じ妓ばかりだった。

「芳哉が体調を崩して……代わりに蛍灯を連れて参りました」

「ああ、芳哉ちゃんが、それはそれは大儀にならんと、よござんすがなぁ」

老女将が出迎えて、眉を曇らせた。

老女将は、おっとりした知恵遅れの芳哉を、特に可愛がってくれた。

「五時をまわると、もうこんな暗うなって……、足尾は日暮れが早ようてかなわんな。さ、上がった上がった。お座敷は、三階の川べりの部屋や」

鶴蔵さんたち五、六人や。昼から上がって、大事な話しだから酌婦はいらないって……、お銚子を運ぶだけ。そう言うと雪松の耳に顔を寄せて、何か囁いた。

雪松は、ふと曇った表情で頷いたが、直ぐに明るい声で、

「今夜のお客さんは、ご祝儀をいっぱい下さるんですってよ」

と、おどけたように言った。

鶴蔵と雪松の関係を知っているのは、「河瀬」の老女将だけだ。旦那の源右衛門にすら話していない。雪松は老女将の顔を見るとほっとする。実家の母親に会ったような、安らぎを覚える。

何年前になるのか――。

はじめて「河瀬」に呼ばれて来たとき、雪松にそそがれた老女将の眼差しの、何んともい

えない懐かしそうな、柔らかい親愛に満ちた眼差しだった。

芸者の道に入って、かつてこういう優しい眼差しで迎えられたことがあっただろうか。ない。一度もなかった。何度か座敷を勤めて、やっと信頼された。職業に貴賤はないはずだが、芸を売る職業が、何故か卑しい眼でみられてきた。

後白河法皇が編んだ「梁塵秘抄」の中に、遊び女のことが絶唱されている。

遊びをせんとや生まれけむ
戯れせんとや生まれけむ
遊ぶ子どもの声きけば
わが身さえこそゆるがるれ

芸妓の前身といわれる白拍子が、今様（当時の流行歌）を歌いながら京の往還を、人々の身も心も揺さぶるようにそぞろ歩く。平安の都大路の絢爛を、思い描くすべもないが、所詮、芸妓は遊び女なのだ。どんなに芸を磨き、教養を身につけ、礼儀正しくしとやかでも、遊び女の域を出ない。

男はみんな、そう、労働運動家としては珍しくキリスト教的高い志と、知的教養を持った鶴蔵でさえ、雪松以外の芸妓を遊び女《め》としか見ていない。

「河瀬」の老女将は、はじめて雪松と顔を合わせたとき、

「おお、お前さん!……あんたさんはまさか幽霊ではあるまいね」

玄関に迎えた老女将は、いきなり雪松の手を握り、絶句して、おう、おうと奇妙な溜息をつき、雪松の顔を食い入るように、凝視めた。そして気を失った。

雪松のほうが吃驚して、言葉もなかった。

放心した老女将は、奥の居間に運ばれたが、雪松は何がなんだか分からないまま、客の座敷を勤め、終わったあと奥の居間に呼ばれて行くと、老女将は正気に戻っていた。傍らに女将の連れ合いの源右衛門がいた。

「似とる、よう似とるなあ。なああんたはそう思へんか」箱火鉢の火箸を握ったまま、連れ合いに言った。

「うん。ほんまやなあよう似とるわ。俺も吃驚した。誰かてうちの幸《みゆき》やと思うわな――」

白髪の綺麗な老人だった。

若い頃、兵庫の生野銀山で働いていたそうで、年をとって恐れていたケイハイを発症した。

肺気腫を併発し、それが持病になった。苦しそうにいつも咳き込んでいた。

「寿家に幸さんによう似た芸妓さんがいる。この頃よう見掛けるという人が知らせてくれてな、若しや、うちの幸やないか――家出して行方知らずになっているうちの娘やないかと、婆さんと話しとったんや――」

連れ合いの源右衛門が言うのを、お茶の準備をしながら、老女将が横から口をはさんだ。

雪松って名乗っているそうだけど、「河瀬」の幸ちゃんに間違いないって、うちへ知らせてくれた人は、

「奇跡や、奇跡……、生きていたんだよ」

って、頭から信じちゃやって、興奮していたという。

雪松さんという芸妓さんに、いっぺん近いうち家へ来て貰おうと思っとったんや。と、言った。

しかし、家出して十数年も経ってしまえば、十七、八で別れた頃の面ざしと、かなり様子は変わっているだろう。まして三十前後の、女盛りの娘を想像することは出来ない。

死んでいるのか、生きているのか分からない娘を、老夫婦は、十数年間一日たりと忘れたことはなかった。

息子夫婦が跡を継いで「河瀬」は安泰だが、だから余計に娘のことが気になる。野たれ死に覚悟で、娘探しの行脚に出掛けようと、話し合っていたという。

年老いて、ますます娘への思いが募るばかりだった。

雪松は、夜の更けるまで老夫婦の切ない胸のうちを聞きながら、

「すみません。すみません」

と、謝っていた。雪松とて複雑な心境だった。

若しや！　と期待に胸はずませた老夫婦の落胆した様子に、言葉もなかった。ただ謝るしかなかった。

「……私は、茨城県の那珂湊の漁師の家に生まれました。十八で漁師の女房になって、八歳になる娘がいます。夫は嵐の海で死にました――」

私も、八歳になる娘の成長をひたすら願って、この道に入り、足尾銅山の景気につられて、こんな恐ろしい山奥まで来てしまった。娘さんを想う気持ちは、よく分かります。

八歳にもなる娘がいることを、雪松は芸妓仲間には内緒にしていた。

「河瀬」の老夫婦には、真実を告げたい衝動が、ふと湧いて、包み隠さず話した。

「わっは、は、は……」

と、いきなり源右衛門が笑い出した。

幻想の中から、やっと我に返ったような顔つきだった。

「ああ、一刻の喜びやった。ああ、夢醒めた……」

源右衛門はさっぱり言って、なあ、婆さん。これですっきりしたなあ。もう幸はこの世におらんのや。

「わしらも、間もなくこの世とお別れじゃ。そしたらあの世で幸と会えるんや。暫く、幸のことは忘れよう」

「ほんまに雪松さん。あんたさんが娘やったら、どんなによろしかったか――。嬉しいか――。世の中、そんなにうまくいかんわな……。幸のことはこれでさっぱりしたわ。」

二人は、声高に笑った。

雪松もその様子にやっとほっとし、笑顔で頷いた。

そんな最初の出会い以来、「河瀬」の老夫婦は、雪松をとくに贔屓にしてくれた。贔屓というより、料亭の女将と芸妓の関係というより、親子のような親密なつきあいになった。

お座敷が終わると、若い芸妓たちを先に返し、茶の間で一休みすると、老女将に代わって源右衛門の面倒を見てやる。肺気腫のほかに、一昨年中風で倒れて、左半身が不自由になり、着替えや食事の介添えが必要だった。歩行も困難だった。

風呂に入るのが何よりの愉しみで、

「あんたの実家のご両親に、悪いな」

と言いながら、雪松に抱えられて風呂に入るのが、とくに愉しみだった。ところが、

「今夜はお爺ちゃん、雪松は駄目ですよ」

と、老女将にきつく言われたので、ふてくされた。

「何でじゃって……今夜のお客は鶴蔵さんよ。お爺ちゃんのお風呂のためじゃぁ、ありませんよ」

老女将はすげなく言う。そこへ息子の嫁の佳恵がやって来た。

「ああ、佳恵さん。佳恵さんに入れて貰いなはれ」

「ああ、お風呂ですか?」

拗ねていた源右衛門は、老妻を睨みつけていたが、佳恵と聞いて、源右衛門は機嫌を直した。息子や板前の佐吉などではダメなのである。

雪松がダメなら嫁の佳恵、佳恵がダメなら、女中頭のトミさんと決まっていた。五日に一度入るお風呂だから、源右衛門の好きなように叶えてやる。

二

二人は黙ったまま向かい合っていた。

「河瀬」の二階の小部屋は、神子内川にせり出した眺望のよい部屋だった。十六夜の月の光が河原を照らし、その光が部屋の奥まで差し込んでいる。せせらぎの音が、月の明かりに呼応するように、天高く優しく響いている。

言葉の接ぎ穂を失っているのは、両方だった。

一昨日の、旅籠《はたご》「松本舘」で起こった心中事件は未遂だったが、若い男女は大怪我をして、通洞病院で手当てを受けている。

若い男のほうは、小滝の二番飯場長屋の坑夫の三郎だった。小娘のほうは身元が分からない。一夜明けて意識が戻り、朦朧としたなかで、鶴蔵の名を何度か呟いたという。

「父さん、加奈、もう死にたい!」

「父さんと一緒がいい……」

混濁した意識のなかで、小娘の悲愴なうわごとは断続的で聞き取り難かったが、どうやら永田鶴蔵の娘であることが分った。

常盤通りの奥の小料理屋「曳舟」の、最近見掛けるようになった小娘に違いないということになって、「曳舟」に使いを走らせると、女将が迷惑そうに、

「どこの馬の骨か分からない小娘は、これだから困るのよね。……まだうちへ来て一ヶ月も経たないのに、心中事件だなんて、外聞悪いったらありゃしない」

と、けんもほろろにぼやいて、

「鶴蔵さんの娘って分かったんなら、鶴蔵さんに連絡すりゃいいじゃありませんか」

と、逃げる。

足尾銅山の花街として賑わう常盤通りの一角には、乙部と称する小料理屋が数十軒、軒を並べている。多くても四、五人、大半が三、四人の酌婦を雇って、坑夫相手の商売をやっている。ダルマ屋だ。鉱山から鉱山を腕一本で渡り歩いて、銭の稼げる鉱山に落ち着く。が、所詮、荒くれ男たちのこと、宵越しの金は持たない。飲む、打つ、買うの習性。小料理屋の酌婦たちはそんな男たちの慰みものだった。心中事件や駆け落ちは、半ば日常茶飯事、いちいち小料理屋の女将の出番などではない。

大方が、「曳舟」の女将と同じ、事件には知らぬ存ぜぬで通すのが常套だ。

病院の使い走りの看護婦が、花街の世界の冷酷さに吃驚りしながら病院に戻ると、永田鶴蔵の使いのものだと名乗る男が訪れて来て、金子を置いていったという。

使いの男が覗いたときは、まだ加奈の意識は朦朧としていて、言葉もかけずに立ち去ったとのことだった。

鶴蔵は、娘がはるばる自分を訪ねて、この足尾銅山に辿り着いたことは承知した。が、娘に会う意志はないと使いのものに伝言したという。十八にも満たない小娘が、どんな思いを胸に抱いて、困難な道程をやってきたか、それを聞かされても心が動じた様子はみせなかったという。

毬千代に、

「鶴さんは人間じゃない。そんな薄情な親があるものか」

と、さんざん詰られた。

その毬千代が、引き取って面倒を見てやるという申し出を、鶴蔵は断った。

「……厄介なことだが、娘のこと頼めるかな?」

鶴蔵が、呟くように口を開いた。重い口調だった。

雪松に、娘を託したいという。

娘の身を託す以上、今日に至るまでの経緯を話さないわけにはいかない。と、重い口調で話しはじめた。

三郎と加奈は三月前に足尾に辿り着いた。知り合いもなく途方にくれていた或る日、口入れ屋の椿さんに声をかけられ、坑夫の三郎の仕事はすぐにみつかった。小滝の二号長屋の飯場頭に頼んだ。

加奈のほうは、十六では、まだ酌婦は可哀想だと椿さんも考えて、銅山事務所へかけあったり、町役場へ頼みに行ったり骨を折ったが、身元も分からない小娘を、たとえお茶汲みの仕事といえども、採用するわけにはいかないと、断られた。

そこで十八と偽って「曳舟」の女将に頼み込んだ。

見習い酌婦だった。見習いだから直ぐに男をとらなくていいという条件をつけた。主にお勝手の使い走りや洗い物、真面目な客のお酌くらいなら……という話し合いだった。

そんな条件までつけたのに、女将は、

「椿さんには、いつも無理言ってお世話になっているから、いっぺんくらいは、椿さんの頼みごとも叶えてやらないと」

と、表向きは快く引き受けてくれたのだ。

加奈が父親の鶴蔵を探すと決心して、北海道の夕張を立ったのは、二年前だった。「足尾銅山」へ行けば父に会えると、目指す目標ははじめから足尾銅山だった。が、途中、人買いみたいな、変な小父さんに騙されて、東北地方の鉱山を転々とした。

十五、六の小娘は、どこでもまともに扱っては貰えない。

鉱山のお偉いさんの家の住み込み子守りっ子だったり、旅籠の下働きだったり、給金を満足に貰えないこともしばしばだった。

秋田の院内鉱山に辿り着き、坑夫の三郎と知り合った。

三郎から「足尾銅山」の話を聞き、胸が躍った。

「足尾は、ここから近いのけ？」

「うん。近いような遠いような、だけんど北海道よりは近いさ」

「どのくらい近い？　どう行けば足尾へ行かれるのけ？」

と、三郎の顔を見さえすれば、足尾のことを聞かずにはいられなかった。

「どうして足尾へ行きたいんだよ」

三郎の質問に、そこで加奈は、大切に胸の奥にしまってある、永田鶴蔵のことを話した。

鶴蔵が家族を棄てて北海道の夕張を出たこと。そのとき加奈はまだ三歳だった。八歳の長女と二人、母方の祖父母に預けられた。祖父母の家も貧しく、小学校だけは卒業したが、小学校を出ると直ぐ奉公に出された。十六になるのを待って、それまで貯めたお金を懐に、奉公先を飛び出した。

母は五歳の男の子と乳呑児を抱えて、夕張に残った。農作業の手伝いや賃仕事をして三人の生計を立てていたが、或るときから何処へ移ったのか、音信が途絶えた。

二人の兄は父方の親戚に引き取られた。こちらも直ぐに音信不通になった。

家族が一家離散してまでも、鉱山の労働運動に血を沸かす父を、冷酷な人非人と人は言うが、

「あたしは、父に会いたい！」

「父に会いたい！　ただ、会いたいのや……」

正直に、すべてを三郎に話すと、少しは気がらくになった。

三郎は、

「俺は、両親をらくさせたくて坑夫になった。坑夫は金になるちゅう噂聞いてな、だけんど秋田じゃ火が噴けん。足尾ちゅうところは、日本で一番活気があってよ、待遇も人扱いもいいちゅう話、聞いてな、俺も足尾さ行きたいと思っとる――」

「さぶちゃんも足尾へ行きとうとな？」

加奈は、眼を輝かせた。

「うん。ふたりで行こうか――」

ということになって、若い男女は手に手をとり、三月前に足尾に辿り着いたというわけだ。

どこでどう口入れ屋の椿さんと知り合ったのか、三郎は直ぐに坑夫の口がみつかった。

小滝坑は本山から二キロほど離れた、山と川の美しい銅山集落をなした、変化に富んだ地形で、坑夫長屋がいたるところに雛壇状に並んで建っていた。

三郎はちょんがぁなので、飯場住まいだ。二号飯場は小滝坑口の真上に、鋭く聳える断崖に建っていた。ロープの張ってある崖道が迂回しているが、加奈は、一度訪ねて悲鳴をあげた。飯場頭は、越後の柏崎出身で、まあまあ坑夫の面倒見はいいほうだった。

三郎は足尾へ来たことを後悔はしていなかった。頭《かしら》に気に入られるよう、早く足尾に馴染もうとしていた。

一方加奈は、常盤通りの小料理屋「曳舟」に落ち着いたものの、花街の酌婦という職業が、たとえ男をとらないという条件つきでも、十六になったばかりの加奈には刺激が強すぎた。馴染めなかった。

日が暮れると、常盤通りの一角は、昼間のように明るく彩られ、お祭の夜景のようだ。それは狭い路地の両側に、間口一間の小料理屋が、「紫苑」だの「小百合」だの「辰巳」だの「遊行屋」だのと、加奈には、屋号が満足に読めなかったが、何十軒も通りをはさんで向かい合って建ち、屋号の看板に灯がともると、つっぽ袖にもも引き姿の、燻った仕事着の男たちが、うろうろしはじめる。その花街の夜景に、加奈は眩暈がした。

あの、父が突然消えてしまったのも、夕張の花街だった。

「あたしは、こういうところで働くの、嫌い!!」

椿さんに連れられて、常盤通りの一角に一歩踏み込んだとき、加奈は立ち止まって、突然叫んだ。

「あたしが三つのとき、母さんが弟をおんぶして、三つのあたしと姉さんの手を引いて、転びそうになりながら夕張の花街を、毎晩、父の後をつけて見張っていた」

鶴蔵が、家族を棄てて、北海道を近いうち出立するという噂を耳にして、母が、何とか話し合って思い留まって貰おうとしたのだ。

「考え直して、ほしい」

「いや、もはや、ならん」

「六人の子どもたちは、どうするねん。一人前に育てるのは、親のつとめ……」

「子は、ひとりでも育つ。お前が育てろ」

「そげんな……　薄情もん！」

「何と呼ばれようと、男が一旦決断したからには、意志は曲げられん」

父母の会話は、それが最後だった。父は家に帰らず、花街に入り浸りの揚げく、消えた。

三歳の幼児に、何のことか分かるはずがない。毎夜のように繰り返された両親のいざこざを、暗い行灯の薄明かりの中で耳にした。不穏な雲行きであることは、幼児であるがために、肌で感知していたのだ。本能だった。

父親の、凄みのある形相が、脳裏に焼きついている。奉公先を飛び出して、二年もかかってやっと足尾に辿り着くまで、その、凄みのある形相は、いつか優しい父の顔に変わっていた。会いたい！　父に会いたい。そのひたむきな一念が、やがて憎しみや恨みを一掃したのだろう。

しかし、「曳舟」へ来て、三歳のときの記憶が、突然蘇った。夜の巷が一層華やかに輝きだすと、頭痛に襲われ、眩暈がして、店へ足が向かない。三郎にそのことを告げると、

「辛抱、辛抱。もうじき父さんが名乗り出てくるよ」

椿さんが、鶴蔵に伝えてやると言ったことを、三郎も加奈も信じていた。もう三月も経つ

のに――、椿さんからは何んの音沙汰もない。鶴蔵の噂が耳に入ることもない。
辛抱しろと言われても、頭痛は激しくなるばかりで、限界だった。加奈は、絶望のどん底に落ち込んだ。

三

「どうやら三郎をまき添いにした、事件の張本人は加奈のほうらしい」

鶴蔵は他人事のように、言った。

「足尾では、三郎の坑夫としての人生もこれで終わりだ。何処の飯場でも、もう雇っては貰えないだろう。……三郎は、俺が何とか面倒みるつもりだ。娘は――」

だから雪松に頼みたいという。

暴動で怪我をした龍吉のことで、屡《しばしば》、通洞病院で雪松と鶴蔵ははち合せしているうちに、二人は急接近したのだった。毬千代の忠告が、ふと、念頭に浮かんだが、雪松の気持ちは無防備だった。

「生意気に、ダイナマイト心中など……考えやがって」

加奈の奴、俺の眼裡には三歳《みっつ》の加奈のままだ。糞《くそ》、男を利用することなんか覚えやがって。やりきれんわ――と、鶴蔵は苦汁を滲《にじ》ませる。

「さぶは気が小さくて、意気地なしで、くそ真面目だけが取得、坑夫にはむかん若者だが、そういうのが一人くらい飯場におってもよかろう。俺の手下に育てるよ。って、二号飯場の頭は言っていたそうだ」

「……………」

雪松は頷いて聞いているだけだった。事件が起きるたび、鉱山の町ならではの物騒なことばかりだ。

その気の弱い若者の三郎が、野路又の火薬庫から、ダイナマイトを盗み出した。

「気の弱いおとなしい奴ほど、何やらかすかわからんとはよく言ったもんだ――」

野路又の火薬庫は、小滝への入り口の右手の山の中にある。厳重な鉄柵の囲いがめぐらされ、門扉は常時錠がかかっていた。昼夜、監視が見張っていた。

ダイナマイトは坑道開鑿や鑿岩機の使用不可の岩盤などに、岩盤を火薬で爆破することに使用する。通称発破といっている。危険物だから厳重な管理が行われているのに、どうやって監視の眼をくぐり抜けたのか、三郎は重症で、かなり火焼《やけど》がひどく、意識が朦朧としていて、問い糺すことは出来ない。

ダイナマイトを扱う坑夫は、坑夫の経験も長く、使用法の指導も受けた者に限られる。

「三郎はまだ新前だし、ダイナマイトとは縁がない。それが証拠に不発に終った。馬鹿な奴よ」

加奈のような小娘に唆されて……加奈に利用されたのに違いないと、鶴蔵は決めつけて、俺の血を持つ加奈なら、父親への面当てに、そんな大胆なパフォマンスを考えるだろうという。足尾まで辿り着いて、ひっそりと死んだのでは、話題にものぼらない。かき消されてしまう。ダイナマイト心中という派手な死に方で、父親の非情を糺弾するつもりだったのだろう。

「そういう見方は、加奈ちゃんが可哀想です」

雪松は、かぶりを振って激しく否定した。

たとえそうだとしたら、尚のこと加奈が可哀想だ。そんな気持にさせたことが許せないと、鶴蔵を詰《なじ》った。

いつの間にか懇《ねんごろ》になっていた鶴蔵と、情を交わすほどの間柄には発展していないが、もしこういう人が娘の父親だったら、娘の父親とは呼ばせたくない。男という人間はエゴイズムの塊だ。己のエゴを通すためには、あらゆるものを犠牲にすることを恥と思わない。鶴蔵の社会主義思想が、世の中にとってどう役に立つのか、雪松には分からない。

「……俺だって、娘を抱きしめてやりたい。しかし……」

躊躇いがちに鶴蔵が、押し殺していた内面を吐露すると、

「邪悪な気持や理屈はいっぱいあるでしょうけど、全部捨てて、笑顔で抱きしめてあげて下さい——」

雪松は、鶴蔵の本心を覗いたような気がして、少しほっとした。

「河瀬」の月の差し込む二階の部屋で、鶴蔵の、娘を語る言葉には愛情が溢れていた。娘に、いま暫くは父親を名乗り出ることは出来ない。が、大事な娘だから、信頼のおける雪松に預けたいという。鶴蔵の深い苦悩の表情が、月の蒼い光にさらに深く、救い難く照らし出されている。

雪松は、その表情から鶴蔵の、労働運動に生命を賭けた男の厳しさを読み取った。挫折は許されない。肉親の情に決断を反古することは出来ない。必死に歯を喰いしばっている形相が、雪松には天の邪気のように見えた。

「かけがえのないお嬢ちゃんだもの、退院をしたら必ず一度会ってあげてね。あとは、きっときっと責任をもってお預りしますから」

加奈ちゃんに、生きる勇気を与えておあげなさい。と、雪松はどもりながら、何度も口にした。

「こんな山の中の足尾で、一人ぼっちの加奈ちゃんの心を救えるのは、父親のあなただけですよ」

反応のない鶴蔵に、虚しくなりながら、同じ言葉を繰り返す雪松だった。

可哀想な加奈ちゃん。と呟きながら、わが娘を思った。

加奈という鶴蔵の娘に比べたら、わが娘は幸せなのだろうか――。

那珂湊の老父母の許に預けてきた雪松の娘は、来春は水戸の高等女学校を卒業するはずだ。

祖父母たちの生活費を、雪松は給金の大半を仕送りしつづけて、何年経ったのか。

那珂湊へは一度も帰っていなかった。

したがって、小学校三年で別れて以来、娘には一度も会っていないことになる。鶴蔵が薄情なら自分も薄情だ。足尾へ来てかれこれ十年も経つというのに――。

年に一度は、老いた両親と娘の顔を見に帰るつもりだった。

望郷の念は、いつも心奥に燻っていた。

が、見番の大姐御ともなると、そうはいかなかった。

鉱山という土地柄、祭りや行事が多く、そのたび何かといざこざが絶えない。盆や正月など芸者にはない。「寿家」見番が抱えている芸妓だけでも七人もいれば、一人一人がいわく因縁を持つ娘たちだから、次ぎから次ぎへと難問題が起こり、首を突っ込まざるを得ない。

いまや「寿家」見番の雪松といえば、最初の頃は、三味線の撥さばきの名手と評判だったが、いつの頃からか人の面倒見のいい、人情姐御と呼ばれるようになった。町の置屋の芸妓たちまで、相談に押しかける。

寝る間もない日々で、自分のことは考えている暇がなかった。

「お姐さん。いっぺんも郷《さと》へ帰ったことがないんだから、たまにはチョン太に任せてさ、帰ったら。チョン太もう子供じゃないよ、お姐さんの代わり、ちゃんとやっとくから心配ないよ」

チョン太が見兼ねて、そう言ってくれる。

徳さんもおくら婆さんも、それがいいと言ってくれる。

が、思い切って予定を立てると、突然、のっぴきならない事件が起こったり、出発の朝、持病の癪が起こったりして、ご破算になった。

雪松にそんな大きな娘がいることは、誰も知らなかった。

口入れ屋の椿さんは知っているのに、噂にものぼらないところをみると、椿さんはきちんと雪松との約束を守っているのだ。

年がら年中地方を渡り歩いているから、いろんな情報の宝庫のような人だ。知らないことは、何でも椿さんに聞くと、大抵は答えてくれる。

「娘がいることは、隠したほうがいい」

雪松を世話したとき、椿さんのほうからそう言った。

「この世界は、二十歳を過ぎりゃあ大年増だからな、まして子供がいるなんて言ったら、纏まる話も纏まらんよ」

そのとき二十八にもなっていた雪松を、六つも年を誤魔化した。

若いのに落ち着いている。しっかりしとるなんて言われると、ひやひやした。年を隠し、大きな娘がいることをいつまで隠し通すのか——真実のことを白状してらくになりたい。どんなに気持ちがせいせいするだろう——。と、雪松は、隠しごとをしている自分が、惨めだった。

でも、椿さんはもう少し待てという。

「俺の立場も考えて貰いたい。そうでなくとも口入れ屋は、嘘八百並べて人を斡旋する商売だから……って言われてんだから、たまったもんじゃない」

わしの商売は、ほんとは人の幸福のために、よく尽くしているのに、ほんとは褒めて貰いたいのに、誰一人感心してくれない。

嘘八百とは、ちと、酷かないか——嘘も方便ってことだわな」

雪松さんだって、その嘘も方便で「寿家」では二つ返事で雇ってくれたんだ。だから、あんたの信用が、何があっても揺るがんようになるまで、あと、三、四年待ってくれという。

「四十になりゃあ、不惑の年だ。さらに、あんたも足尾の花街じゃぁ、誰も敵わない大姐御になってるだろう。そこまで、待ちな」

椿さんは、雪松を斡旋したことを誇りに思っている。嘘八百のインチキ男の汚名を返上したい。人間には、それぞれ立場立場で悩みがある。ちっぽけだろうと大きな悩みだろうと、心を蝕む悩みは抱えていたくない。誰だって、

「あなたは、いい人ね」

って、褒めて貰いたいのだ。

雪松は、今しばらく娘のことは鶴蔵にも言うまいと思った。加奈ちゃんと同じ年頃の、弥生という名の娘がいることを、鶴蔵になら話してしまいたいと、口にしかけたが、やめた。

鶴蔵は、慌てて口を噤んだ雪松の顔を見た。が、何も聞かずに、月の差す、奥行きのある山の夜景に、顔を向け、

「ここは、閑寂かでいい」

と、呟いただけだった。そのとき、

「……雪松さんに、電話ですよ」

障子が開いて、佳恵が敷居に手をついて言った。

第五話　裏切り

一

通洞社宅の一角から夜更けになると三味の音が流れてくる。風に乗って、松原の往還まで聞こえることもある。三味の音色で弾き手の心のありようが、手にとるように推測できる。激しいバチ捌きのときなど、通りがかりの人でさえ思わず立ち止まり、聞き入る。

「雪松姐さんだって、そりゃぁあ苦しいことあると思う――」

チョン太はしみじみと呟やいた。

チョン太は見番の二階の出窓に腰掛け、渋川の川面に見番の灯が映え、きらきらと波間に耀く、目も覚めるような美しい夜景に見惚れていた。そこへ蛍灯が来て座った。

「ねぇ、ほたる姐ちゃん。加奈はあんなにお世話になった雪松姐さんを裏切ったのよ。ひどい娘だと思わない？」

「……そりゃ思うけど、いろいろ事情があるのと違う？」

チョン太より年上の蛍灯は、そう言うと話題を変えた。

「ほんとに何あれ？　高田屋のお母さんは口ばっかりで、調子が狂うて、よう踊られんかった」

蛍灯は、声を大にしてチョン太の気持ちを自分のほうへ引っ張るように言った。

「一丸の女将さんも目配せして、あかんべぇしてた」

チョン太ははぐらかされて、不服そうだったが、直ぐに蛍灯の話に乗って来た。

雪松の癪が起って、もう三日休んでいる。そんなときに限ってお座敷が多い。芸妓たちは大忙しの毎日だった。雪松の代わりをつとめたのが芸妓置屋「高田屋」のお女将《かみ》さんだった。

チョン太は高田屋のお女将さんが大嫌いだ。

「やっぱり三味線は雪松姐さんでないと、踊られん踊られん。調子が上がらんでかなわなかった！」

と、ぼやきながら帰って来たのだった。お帳場でひとしきり徳さんに高田屋さんの悪口を告げ、お座敷着を着替えに二階に上がった。蛍灯と歌川が一緒だったが、歌川は徳さんに呼び止められて、直ぐにまた階下へ下りて行った。

「何よあの言い草。あんた達の踊り……、玉代なんて恥ずかしくて貰えないよ、だって……」

お座敷が終わってから、「高田屋」のお女将さんからはそんな皮肉が飛んできたのだ。三味線のバチ捌きの悪さを棚に上げて、

「いくら三味で庇おうとしても、庇いきれなかったわ」

と、しゃあしゃあと言った。

不愉快なお座敷のことがあった後だけに、チョン太は余計に雪松の弾く三味の音が胸に沁みた。

本来なら雪松は、鉱山の花街なんかにくすぶっている三味線弾きではない。中央の歌舞伎や文楽の舞台にだって、十分通用する腕だ。と、雪松の師匠からお墨付きを貰っている。

雪松の師匠は、長唄で世に知られたきね屋勝三郎結社を引きいる五代目の孫弟子である。何度も歌舞伎座公演にも出演しているし、そんじょそこらの師匠とは分けが違う。体を壊して第一線から身を引き、静養のために水戸の実家に帰って来たが、そのまま水戸に落ち着き、土地の芸妓たちに乞われて師匠になった。

弟子の中で雪松は感どころというか、天性的というべきか非常に筋がいいと、師匠の目にとまった。何かと師匠が目をかけるようになった。

中央に出て、三味線で身をたててみる気はないかと勧められたこともある。師匠の家に住み込んで、師匠の身のまわりの世話をしながら、師匠の稽古場について歩いた。間のとり方や、三味を弾く時の精神の在り方などを覚えたのも、いつも師匠と一緒だったこと、つまり、師匠の芸を盗んで身につけたものだった。真似をしているうちに、いつしか自分の得手とするところとなったのだ。

「あたしの眼に狂いはなかった——。雪松、あなたはもう何時でも一人立ち出来ますよ」

そう言われてからも数年、

「いいえ、いいえ私はまだ、とても……」

義理がたい雪松は、お礼奉公はいくらしてもこれでいいということはない。病弱な師匠の出稽古を自分から買って出て、稽古場を何か所も受け持った。見番から声がかかれば師匠の代わりもつとめた。雪松は長唄が得意で、評判が高かった。

実家のある那珂湊にも近いし、水戸で三味線で一人立ちすることも考えた。師匠の後継者にという話もあったが、それは恐れ多くて、すんなりと受けるわけにはいかないと辞退した。

しかし師匠には子供がいない。師匠一代で築いた結社をたたんでしまうのも、弟子の一人として黙って見過ごすことも出来ない。弟子の仲間たちからも雪松が後を継ぐべきだと言われていた。

それを振り切ったのだ。雪松は、足尾の景気のよい話に耳傾けた自分の、あのときの心境が分からない。決して冷静にものを考えたとは思えない。お金に目がくらんだといわれてもいたしかたない。お金に目がくらんで判断を誤った。「寿家」見番が示した年俸を聞いたとき、足尾へ行けば金になるという、巷の噂は真実だった。気がついたときには椿さんに足尾へ行くことを返事していた。自分が負けたのだ。操業まもない「寿家」見番の、三味の名手を探しているという椿さんの話術にひっかかっていた。

「とびきりな好条件だ。逃すって手はないぜ」

などと言われているうちに、あと先も考えず飛びついてしまった。慎重すぎると言われていた雪松にしては、自分でも不思議なくらい軽薄な意思決定だった。

師匠を裏切ったと自覚したのは、足尾へ来て半年くらい経っただろうか。師匠の病が悪化して入院したことを耳にした。何をさておいても駆けつけなければと思いながら、直ぐには行動に移せなかった。足尾の見番で働くことを師匠に告げたときの、師匠の落胆の表情が、雪松の胸深く刻み込まれていた。うしろめたさを抱きながら、挨拶もそこそこに足尾へ出立してしまった。何故あの時点で、うしろめたさが裏切りだということに気がつかなかったのか――。

あの時点で気がついていたら、雪松は出立を思い止まっただろう。と、取り返しのつかない決断に後悔した。世話になった人を裏切るという行為は、人間として最低だ。人間ではない。人に裏切られることは耐えられるが、自分が人を裏切ることはしてはならない。心に闇を抱くことになる。

雪松は、自分の中の心の闇が何であったのか、その正体が見極められず、苦しいこともあったが、師匠を裏切ったことだと気がついたとき、心が凍りつき、稲妻が走るような痛みが全身を貫いた。

誰にも明かすことの出来ない、己の中の秘密を抱えて、雪松は無我の境地で三味の稽古に励むことが、師匠への花向けだと、自分に課して、稽古に没頭した。

足尾銅山の花街といえば、雪松という三味の名手がいる。いいえ、日本中の鉱山の花街がいくつあるかは知らないが、足尾銅山の「寿家」見番の雪松といえば、右へ並ぶものはいないと、そう言われるようになるのだ。それが師匠へのせめてものお詫びだ。

生涯精進を貫く――。そう決めたからには誰が何を言おうと意思は曲げない。ひたすら師匠へのお詫びのために三味を弾く。加奈の面倒をみるために、長屋住まいをはじめたことは幸運であった。本音をいえば住まいだけでも「寿家」見番を出て、他に移りたいと思っていた。思う存分三味を弾く。毎日弾く。精進とは毎日弾くことだ。「寿家」に寝起きしていたのではそれは出来ない。丁度いい具合に、鶴蔵から加奈を預かることになって「寿家」を出る口実がみつかった。雪松は、だからといって「寿家」をないがしろにするつもりはない。今までより以上に勤めを果たさなければ、義理がたたない。身を粉にして勤めを果たす。それと同時に、足尾の花街の、芸妓を束ねるお役目も、一層身を引き締めて当たらなければならない。と、自分に言い聞かせている。

二

加奈は、
「ただ今――」
低い消え入りそうな声で言って、玄関とも呼べない出入り口から、少女らしいすらりと伸びた長身をかがめるようにして入って来た。土曜日の夜だった。夜は更けて九時をまわっていた。

それでも感心に、月に二度は帰って来る。しかし、申し訳のように帰っては来るが、あまり口を利かない。もう半年以上もつづいている。

六畳と三畳の台所を兼ねた板の間だけの、坑夫長屋だった。逃げも隠れも出来ない。目と鼻の先にいる。

「お帰りなさい。お夕飯は、まだなんでしょう?」

雪松が声をかけた。

済ませてきたという素振りなのか、微かに頭を振っただけだった。

「美味しいお菓子があるから、お茶を淹れましょうね……」

さ、こっちへ来て、卓袱台に座んなさい。と、雪松は言い台所に立った。返事はないが加奈は卓袱台の前に座った。会話はなくとも、月に二度顔を見せてくれるだけでいい。雪松が一方的に話すだけで、応答はなくとも加奈が目の前に存在するだけで十分だ。雪松はそう思うことにした。一方的でも、加奈は雪松の話を聞いている。そう確信している。

「年が明けたら四年生ね。進路は決まったの?」

卓袱台に向かい合ったが、加奈は顔をあげなかった。

「迷わず看護学校に決めているんでしょ?」

微かに頷くだけで、雪松の顔を見ようとはしなかった。

鶴蔵に話すと、鶴蔵が言った。

「女の子なのに、偏屈は困ったな。俺の責任だ――」

加奈は父親と、まだ三度しか会っていない。

病院の退院と長屋への引っ越しが同時で、父に会いたい一心で足尾へ来て、心中未遂まで起こすほど、夢でもいいから会いたかった父親に、そのときはじめて会ったのだった。その後、父が長屋へ訪れたのはたった二度だった。

長屋は鶴蔵が借りた。娘と住む。しかし鶴蔵は全国鉱山を渡り歩き、労働運動の指導者として活動していたから、殆ど長屋には住むことがない。その家族である娘の加奈が住むには問題はないが、雪松の同居には問題があった。そこで未成年の加奈の保護者という届け出で、銅山事務所の許可をとった。

病院に加奈を迎えに行ってその足で真っ直ぐ長屋に向かい、長屋に落ち着くと、鶴蔵は加奈をまじまじと見詰めた。三歳で別れて以来の父娘の対面である。十六歳の加奈は、まだあどけない少女だった。

鶴蔵は自分の娘に、どう声をかけてい丶か分からない。

「大きくなったなあ――。寝小便娘が……ほんとに大きくなったもんだ」

鶴蔵の胸の内にも、複雑な気持ちが錯綜していたに違いない。家族を棄てたことへの後悔はない。棄てた家族は散りじりになって行方が分からない。死んでいるのか生きているのかも分からない。こうして足尾で巡り合った加奈が、たった一人の肉親になるかもしれない。

鶴蔵は、傍らの加奈をいきなり引き寄せ、抱きしめた。

加奈は、父親が病院に迎えに来たときから、胸が張り裂けそうにいっぱいになって、言葉が出なかった。何か言おうとすると、涙が溢れてきて喉に詰まった。

「お父ちゃん。ほんとにあたしのお父ちゃん？　会いたかった――」

と、病室を出るとき父の背後から従いて行きながら、たった一言言うのがやっとだった。

きつく抱きしめられた父の抱擁の感触は、加奈の体中に残った。暫くして、父の胸の中で雪松の声を聞いた。

「遅くなっちゃって、ごめんなさい。あーら加奈ちゃんお元気になってよかったわ」

雪松が長屋に着くと、鶴蔵は、

「俺はこれで失礼する。あとはすべてお任せする。万事よろしくお願い申す」

と云うと、父親の鶴蔵はあたふたと長屋をとび出して行った。

「…………」

加奈は突然、幼児に別れたときの父を思い出した。夕張の花街で消えたときと同じだった。母との話の最中なのに、突然消えた。母がうろたえようが泣きながら縋るのを、無碍に振り切って、出て行った。

「少しはお話しましたか？」

雪松が訊くと、加奈は激しくかぶりを振って、

「父はやっぱり冷酷な人なんです。あの人ほんとうにあたしの父親なんでしょうか？」

訝しげに云うと、かぶりを振りながら声を出して、泣き出してしまった。病院に迎えに来たときの、あの優しい父の表情——そして長屋に着いてからの、あの激しい抱擁は何だったのか——噴火山の燃えたぎるマグマの中に引きずり込まれるような感覚だった。生まれてはじめて父親に抱きしめられて、燃える炎に翻弄され、加奈は何も云えなかった。云おうとしたときには、もうそこに父はいなかった。

「親子ってね、何も話さなくともすべて分かりあえるのよ。加奈さんだってお父さんのこと

少しは分かったでしょう。加奈さんのことといっても心配している。世間並みに、目の中に入れても痛くないほど、可愛いって」

加奈はこっくりをした。誘導尋問にひっかかったような頷きかただった。

今後のことは雪松に一切お任せするとはどういうことなのか。父の意向は雪松に伝えてあるという意味にとれる。当然のことだが加奈は不満だった。今後のことについて加奈は父と何も話していない。加奈が何を望んでいるのか、親子なら何を話さなくとも分かる、と、雪松は言ったが、加奈は将来の夢を父に話したかった。

加奈の夢を父は知らないはずだ。何も、一言も話してないのだから、父は知らないはずだ。夢を実現するために死に物狂いで勉強する。父のいない長屋暮らしだって、ときどきは父が足尾へ帰ってきて顔を見せてくれさえすれば、頑張れる。と加奈は少女らしい健気さで考えていたのだった。が、加奈には不満が燻った。

「それで雪松おばちゃんは、一緒にこの長屋で暮らすの？」

「鉱山は荒くれ男たちの町だもの、物騒でいくらなんでも加奈ちゃん一人にはさせられないわ。無理よ、危険だわ。二十歳になるまで一緒に暮らしましょう」

父の意向を万事雪松に託したことには触れないで、加奈は雪松と一緒に暮らすことは、不満だった。

高等小学校を一年だけ勉強して、桐生の女学校へ上がった。みなより三年も四年も遅れての一年生だった。同い年の人は加奈が入学した春の、三月に卒業している。

足尾からは桐生の女学校に行くのが普通だった。通洞駅から足尾線で、大間々経由桐生線に乗り換え二駅だった。加奈は嬉しくて、一日も休まず女学校に通った。

雪松が「寿家」から長屋に帰るのは、夜の九時、十時をまわっていた。加奈と雪松が会話を交わすのはほんの一時、その日、女学校であったことを面白おかしく話すようになり、ともかく加奈は三年生になっていた。旧制女学校は四年制だから、あと一年で卒業を迎える。

そのあと念願の看護学校へ進むのが、加奈の希望だった。

突然、理由も告げずに加奈が家を出たのは、そんな夢を語っていた矢先のことだった。

「心配はご無用よ。あたしはもう十九歳、二十歳にはちょっと前だけど、友達と桐生に下宿することにしたの。もう決めたから――」

長屋を出る三日前にそう言って、荷造りをはじめた。何を言っても、聞く耳を持たない激しい意思力を表していた。鶴蔵の娘であるという、どこか鶴蔵が行動しているような印象があった。雪松は止められなかった。

「お父さまが帰ったときに、許しをいただいて、それからにしたら」と言うのがやっとだった。

桐生の、どんな下宿屋か知っておきたいと訊いても、言わなかった。何が理由で頑なになったのか。人が変ったように加奈は心を閉ざした。

雪松と加奈が暮らす長屋へ、鶴蔵が顔を出したのは、三年間にたったの二度だった。と、加奈は不満そうに言ったことがあった。

「父を見掛けたという話よく聞くけれど、ほんとは雪松おばちゃんは、父とよく会っているの？」

と、訊かれて雪松は慌てたことがある。

大日本労働組合結成本部のある足尾へ、鶴蔵は幹部だから足繁く訪れていた。それなのに長屋へはたったの二回しか加奈に会いに訪れていない。

神子内の料亭「河瀬」へ雪松は頻繁に呼ばれていた。加奈からすれば逢引きを重ねていたということになるのだが、加奈にそれが知られるはずはない。と、二人の大人は思っていた。加奈を小娘扱いしている二人の大人の配慮のなさだった。

長屋をとび出して行ったときの、加奈の捨て台詞が、雪松の耳朶を打つ。

「雪松おばちゃんはあたしを利用したのね。父親もだわ。未成年のあたしの面倒みるなんて大義名分を立てて……　裏切られたって感じ。あたしばかりじゃない、あたしの母親も裏切っている」

雪松おばちゃんのこと好きだけど、どうしても許せない。一緒に暮らすことになったとき、直感が働いた。が、暮らしてみるとほんとに暖っかいいい人で、あたしは悩んだ。ずっと複雑な気持ちだった――

出入り口の敷居を跨いだまま口早に言うと、教科書やノートのほかに当座の着替えを詰め込んだ合さい袋を持って、夜の闇の中に消えて行った。

あれから半年が経っている。

加奈はひと月に二回、週末に必ず帰って来る。一泊して日曜日の昼には桐生へ帰って行く。

雪松は捨て台詞のことは何も言わなかった。加奈も触れない。当たり障りのない雪松の一方的な話しかけに、加奈はかぶりを振ったり、頷いたりするだけだった。

三

相撲の夏場所がはじまった。

毎年のことだが、東京国技館の一行がやってくる。銅山が従業員やその家族の慰安のために呼ぶのである。柏木平の運動場に土俵を作り、観客席は野天に椅子を持ち込むか、或いは莚を敷いて座って観る。

運動場のまわりにはテントを張った中で、かき氷屋やアイスキャンデーやラムネやサイダーを売る屋台が並んでいる。太陽が照りつけると、やっぱり夏だから、四方山に囲まれた足尾は、蒸し暑い。冷たい飲み物が飛ぶように売れた。

雪松は、何故か落ち着かなかった。

相撲がかかると芸者衆も忙しくなる。見番はとくに息つく間もない忙しさだ。早くから準備はしていたが、足尾の置屋が抱える芸者衆のすべてを取り仕切っているので、大所帯の切り盛りともなると、当日何が起こるか分からない。何人かづつ班を組んで、相撲場に出向き、親方たちの接待に当たる。体調を崩したとか、急に実家の親が亡くなったとか、置屋のお母さんたちが後代わり立ち代わりやってきて、黄色い声でまくしたてる。お帳場の徳さんは怒鳴りっぱなしだった。

雪松の浮かぬ気持ちは、それとは別だった。

娘の弥生が、足尾に来ているらしい。

「斉藤楼」の女将さんと見返橋の上を歩いている弥生を、雪松は偶然目にした。「寿家」見番に沿って流れている渋川の往還に架かった橋の、少し下《しも》に往還と平行している常磐通りがある。見返橋はその通りに架かった橋だった。割烹旅館「一丸」や料亭「八百佐」のある通りで、花街へ通ずる足尾では一番賑わいのある通りだった。

弥生はいつ足尾へ来たのか。本当に弥生だったのか。弥生は何故、「斉藤楼」の女将と一緒なのか――雪松はキツネに抓まれたような、夢を見ているような、あるいは妄想か。気持ちを落ち着かせようと、何度も目をつぶり想念を振り払ったが、逆に雲が湧く如くよからぬ妄念が湧いてきて、雪松は妄念の虜となった。

「雪松妓さん。たのんだよ」

と、徳さんに声をかけられたが、何を頼まれたのか頭の中は空洞だった。相撲の初日だから雪松は大役を仰せつかっている。

数日前の夜だった。夕飯も済みみなで寛いでいるとき、

「斉藤楼の、今度入った女郎はなかなかの娘《こ》だってな」

と、徳さんが切り出した。

「女郎じゃない。遊女っていうのよ。そうそう映画で観るような、綺麗な娘よ」

相槌を打っているのは、チョン太だった。

「まだ、十九とか十八とかで、ほんとよ女学生みたいなんだって」

「斉藤楼」は、足尾ではたった一軒の遊郭だった。渡良瀬川の向こう岸の川辺に建つ木造三階建ての、いかにも遊郭を象徴するような建物だった。常磐通りの行き止まりから、川の中州に下りて行く感じに橋が架かっている。花街の盛り場は赤沢というところだが、「斉藤楼」だけぽつんと離れて渡良瀬川の向こう岸、川岸に建っていた。

銅山関係者や町のお偉いさん、ともかく粋人のお金持ちが遊ぶ場所で、坑夫や一般町民の遊ぶところではないと。暗黙の了解みたいな、割り切り方が浸透していて、普段は話題にも上らなかった。

その「斉藤楼」に、最近新しく入ってきた娘が、女学生のような遊女だと、町にちょとした話題が起こって、と、チョン太は興奮しているのだ。当然、雪松にもチョン太は話した。

「雪松妓さんになんとなく雰囲気が似ているんだって——どんな事情か知らないけど、遊女じゃなく芸妓になればよかったのにね」

「あたしに似ているんじゃ、たいしたことないんじゃない？　どうしてそんなに話題になっているの？」

「どうしてって、女学生みたいって言っているくらいだから、清潔で純粋で、とても遊女むきじゃないってイメージなんでしょ、その娘が……」

「………」

雪松は、「斉藤楼」の女将と見返橋の上を歩いていた弥生の姿が、脳裏に焼きついたまま、何食わぬ素振りをしていることが辛かった。あれはほんとに弥生だったのか。弥生ではなく別人だった。弥生によく似た別人だった――。と、そうあってくれと、祈るような気持ちだった。

「遊郭の遊女さんたちも、お披露目するんでしょ。そしたら「寿家」へも挨拶に来るわね」

チョン太は大はしゃぎにはしゃいでいる。幼いときに「寿家」に預けられて、本人の意思を確認することもなく芸妓になった。十六で水揚げし、屈託のない明るさが受けて、押しも押されもせぬ「寿家」の看板芸妓になった。

「二十二にもなるのに、家つき芸妓ってのは、まるっきりねんねえで、大人になりきれないのかねえ」

などとみんなにちやほやされている。

「ねんねえかぁ、そこがチョン太のいいところだよなぁ」

と、徳さんにも、いつもからかわれている。

通洞駅前の浅草豆屋の孫息子、龍吉とは兄妹のように今も仲良しだ。夫婦《めおと》になるのが一番自然だろう。と、まわりはみんなそう思っている。が、龍吉は足尾暴動のとき、片足を失い、坑夫の仕事は出来なくなった。浅草豆屋の老夫婦のところに一緒に暮らして、店番をしていた。まだ若い龍吉はそれには飽き足らず、あれこれと野心を燃やして挑戦してみるのだが、片足というハンデキャップがあるので、野心は空回りするだけだった。何をやっても思うようにいかない。結局、浅草豆屋の小商いの店を継ぐしかないのだろう。豆菓子の小商いでは細々と生きて行くことは出来る。が、そんな未来のない龍吉と、チョン太は結婚してくれるだろうか――。

銅山の盛況がいつまでつづくのか、銅山が閉山にでもなれば、足尾での商売は成りたたない。龍吉は、チョン太に結婚をしてくれとは言い出せなかった。

あっけらかんとしたチョン太の性格は、

「もう決めているんだから、龍のお嫁さんになる。龍さえオッケイなら、いつでも直ぐ行くよ」

と、屈託なく言う。龍吉が片足のこと、仕事のこと、収入のことなどで逡巡していることを、チョン太は百も承知している。

「年をとっても芸妓として頑張るから、お金のことなんか龍は心配しなくていい」

と、言いつづけている。

雪松は、そんなチョン太の純粋な心根に、感心している。そして勇気を貰っている。娘ほども年の違うチョン太に恥ずかしいと思うのだった。

「あたしね、「斉藤楼」の新しく入ったその遊女と、お友達になりたいなって思ってるの——何だか知らないけど、仲良しになりたいのよ」

「チョン太は優しいから、そう思うのね」

雪松は答えないのも変なので、チョン太の性格を褒めた。

「特に鉱山の花街なんかで働く娘は、芸妓だって遊女だって、家庭的にいろいろ曰く因縁のある娘でしょ。不幸を背負って生まれてきたのよ。あたしなんか両親の顔も知らない。どこの誰べえかも知らない」

呟くように言って、からからと空笑いした。

「だからって、怒ったってしょうがない。存在感のない両親を恨んだってしょうがない。あたしはこうやってご縁で結ばれたみんなに愛されて、幸せに暮らしている。それで十分。雪松姐さんのことも大好きよ。お母さんみたいに好き」

裏切らないで。こんなあたしの気持ちを絶対に裏切らないで欲しい。と、チョン太は訴えている。雪松はチョン太に心の内を見透かされているような、瞬間どきっとした。

チョン太も、加奈も、娘の弥生も雪松を必要としている。

そのことに気づくと雪松は深い吐息を吐いた。雪松の目がしらに涙が潤んできた。

会話もないのに加奈が、月に二度はんこで押したように長屋へ帰って来るのは、雪松の存在をいつも確認していないと不安だからだ。雪松が加奈を見捨てていないということを、確認するために帰って来る。雪松の言動の、あらゆる角度から読み取って安心する。幼いときから苦労をしてきた加奈にとって、雪松との出会いはかけがえのないものだった。本能的にこの女《ひと》を失いたくない。どんな悪態を吐いても、雪松は許してくれる。母親のような大きな温かな懐で包んでくれる――。身の危険をこの女《ひと》なら守ってくれる――。雪松への思いは、加奈の本能の叫びなのだ。

だが、愛に飢えた少女は、勝手だった。自分のことしか考えていない。加奈は鶴蔵の娘らしく、言動は直截でかなり大胆不敵なところがある。が、愛に飢えた姿を晒している加奈を見ると、見放すわけにはいかないと思う。

チョン太は……チョン太もいつの間にか二十二もなったが、雪松姐さん、雪松姐さんと雪

松の後尻り追いかけて、どんな些細なことでも話し、相談をする。仕事のこと自分のこと、

「……あのね、最近、東京から来た東大出の銅山の技師さんが、あたしとおつき合いしたいって言うの。あたしは、結婚する相手がもう決まっているから駄目ですよって、断ったわ。

――それなのに執拗くつき纏うのよ。僕は、決して諦めないって」

雪松姐さんから断って貰いたいんだけど……。

「お座敷終わったあと、一度つき合ったの。真面目そうなハンサムで、チョン太の好みのタイプだけど、そのとき龍のことが頭に浮かんできて、駄目、駄目、駄目って、突然、逃げ出すように帰って来た」

そんなことまで雪松に話す。雪松を頼りきっていて、

「あたしのお母さん代りになってくれると、嬉しい」

などと言って甘える。

弥生は血を分けた実の子。十年も会っていないが、片時も忘れたことはない。弥生のために働いて一度たりとも送金を怠ったことはない。我が子の健やかな成長を願わない親などいない。女学校まで出して、弥生はそのあと師範学校に行って、学校の先生になりたいと言っている。

足尾の遊郭なんぞに来るはずはない。「斉藤楼」の女将と歩いていたのは弥生ではない。雪松の見間違いだ。小学校三年生で別れて十年、女学校を卒業して、娘盛りになった弥生は、雪松の中で雪松なりの弥生に成長している。

「寿家」見番の二階の窓から、見返橋はよく見える。が、やっぱり弥生ではない。娘盛りに成長した弥生を、雪松は知らない。自分の中で成長した弥生しか知らない。

そう思ったとき、雪松の懸念は少し軽くなった。

いずれにしても三人の娘たちは、雪松を必要としていることだけは事実だ。雪松は深く頷いた。

第六話　女学生遊女

一

朝靄が立ち込めている。

渡良瀬川の向う岸の、柳並木がぼんやりと霞んでいる。いつもは耳障りな川音も、川霧の朝の光景があまりにも見事なので、朝の静かさを破って響くざあざあという川音が、かえって心地よく、風景の一部になっている。

対岸の常磐通りの花街は、まだ眠っている。昨夜の喧騒が嘘のように、朝靄に包まれてしんと静まり返っている。

「淡雪。淡雪……、眼が覚めたかいのぅ？」

静寂を破って、くぐもった春駒の声がした。

一言だけ発して、また暫く静寂が戻った。

春駒は夢でも見たのだろう。淡雪の軽い寝息と春駒の寝息が気持ちよさそうに重なっている。

二人はまだ無邪気な小娘だった。

淡雪が十八で春駒が十七。足尾でたった一軒の遊女屋「斉藤楼」に住み込んで、やっと半年が過ぎたばかりだ。遊女という職業がどんな職業か、よく分かっていない。

「斉藤楼」は吉原のような遊郭とは違う。

「うちは遊女屋じゃ。赤沢(常盤通りの花街の地名)の芸妓置屋や見番とは違うということや」

あるじの清太郎は、臆面もなく世間に言い触らして憚らない。「斉藤楼」は足尾でたった一軒の遊女屋だが、男はんはとらんでぇ、まあ見てなはれ……

清太郎はさらに勿体ぶった言い方で、町の人たちは目を白黒させていた。

足尾の花街は赤沢地区一帯をいうが、江戸時代銅山奉行所のあった松原が中心街で、その松原の往還から渋川沿いに、脇道を入ると、往還と平行して通りがある。常磐通りと江戸時代から呼ばれた花街通りだ。何本もの路地が交差している。割烹旅館「一丸」や料亭「八百佐」が軒を並べ「寿家」見番が遅れて軒を並べた。芸妓置屋の数も多い。

常磐通りに交差している何本もの路地には、乙部と称する小料理屋が、星の数ほど軒を並べていた。小料理屋といえば聞こえはいいが、通称ダルマ屋だ。女郎屋のことで、客の大方は坑夫だった。

変わり者の清さんはその花街を小馬鹿にしていた。

「何だい、花街って言ったって、碌な芸者が一人もいやしねえじゃねえか。みんな鼻くそ芸者のおたふくでさあ、三味線ひとつ弾けゃしねえ」

「一丸」と「八百佐」と「斉藤楼」の出資で「寿家」見番を出すとき、今の常磐通りに作るのを反対した。花街から離れた渡良瀬がいいと主張した。渡良瀬に新花街を作り変えようという提案だった。三人の中で中心的人物だった「八百佐」の、これまた頑固なあるじ佐太郎が、頑として譲らず、

「そんな夢みてえなこと抜かすな。ここは江戸と違う。荒くれ男相手の鉱山町だ。他所へ出ていたお前なんかに、足尾のことなど分かるめえ――」

清太郎は足尾の生まれだが、「八百佐」の頑固あるじは、足尾に野菜を行商に来ていた群馬の人間。軍配は群馬出の頑固あるじ佐太郎にあがり「寿家」見番は花街を流れる渋川沿いの、橋のたもとに作られた。

「斉藤楼」は渡良瀬川を挟んだ向岸の、向原の町はずれにあった。赤沢の花街からは見下ろ

す感じだ。渡良瀬川の河原の中州に一軒ぽつんと建った感じで、河原に面したほうは、当時流行った木造三階建ての「一丸」や「八百佐」と変わらぬ料理屋風の風情だが、表にまわるとまがきをしつらえ、前半分だけ黒板塀をめぐらして、遊女屋の風格を存分に主張している。江戸吉原のような大門はない。会所もない。待合茶屋など勿論ない。後に、倅の茂吉の代になって、向原の町なかに茶屋風な建物が建った。ぺしゃんこの家が密集する鉱山町に不似合いだが、茂吉も清太郎にひけをとらない道楽ものだった。

そもそも「斉藤楼」は、先代の清太郎の道楽に火がついてはじまったことだ。清太郎は九十七まで生きて、数年前に亡くなった。親の職業が興行師だったので、十八のとき出入りのつてを頼って江戸へ出た。江戸では幾つか職業を変えたが、めぐりめぐって吉原遊郭の四郎兵衛会所で働いた。年をとって故郷の足尾に戻ると、暫くは銘仙やお召の長着を着流して、町なかをぶらぶらしていた。江戸の花街で働いただけあって人目を惹き、「粋人の清さん」と呼ばれていた。

足尾の花街が賑やかになりはじめたのは、足尾銅山が活気を呈し、日本一どころか東洋一の銅山と言われるようになった明治の中頃以降で、清太郎は既に八十近くになっていた。清さんの血が騒がない筈はない。鉱山町に一つくらい遊女屋があってもよかろうと、しおらしく先輩格の「八百佐」の佐太郎に話を持ちかけた。ところが堅物の佐太郎は頭から反対した。反対されると逆に「よーしぁ、やってやろうじゃないか」と、清太郎。油に火がつき、燃え滾ぎり、燃え滾る炎に火だるまになって、突進した。損得抜きの大博打だった。最初は本気で商売をする気だった。が、

「待てよ。俺ももう八十だ。……道楽でいい、道楽で」

そうだ。道楽でいこう——清さんには夢があった。その夢が突然甦ったのである。

会所で働いていたとき宿った夢だ。俺も天下に名を轟かす太夫を育ててみたい。会所の仕事は遊郭の警護だから、当然、太夫や遊女のさまざまなトラブルにかかわってきた。何十年も会所勤めをやってきて、清さんに任された事件もあった。解放的な性格の清さんだが、山生まれの山育ち、田舎っぺで根は誠実、親身になって人の面倒をみる。そんなところを買われて、会所では「情にもろい清さん」と言われていた。親分からは絶大な信頼があった。

たかが春を売る女。着飾って気取りぁがって、所詮、売奴女じゃねえか。会所に勤めて数年は、遊郭の女どもを蔑み憐れんで見ていた。が、或る花魁の事件に関わって以来、その花魁の教養の深さや人間味に触れ、清さんの眼がすっかり変った。

「凄げえ奴がいるもんだ。ボロは着てても心は錦……、おっとと体は穢れてても心は錦っ

てやつだ。俺は惚れちまったぜあいつに――あいつは太夫になるな、きっとなるな――」

会所の使用人が遊女に惚れるのはご法度だ。清さんの惚れるは恋焦がれる意味ではない、女意気に感歎したという意味だった。

「ああ、染丸のことかい。こういう世界じゃ珍しい女だネ。十七でこの世界に売られてきて、まだ二十歳ちょっとじゃないかな。先祖は長岡藩の武士の出らしいが、腐っても鯛だネ。頭のいい娘でね、気品がある。太夫間違いなしだね」

雇い主の女将さんがべた褒めだった。

太夫を育てることなど、所詮、夢。足尾に戻っても、足尾には遊郭がない。夢のまた夢と諦めていた。

大博打のつもりで、たった一軒の遊女屋「斉藤楼」を立ち上げてしまった清さんは、足尾から吉原にひけをとらない太夫を出したい。

「出すのじゃ。わしの眼の黒いうちに……」

本気でそう思ったのである。夢を叶えなきゃ俺は死ねないと、本気になってしまったのである。

「跳ねる馬は死ぬまで跳ねるっていうが、八十になって、道楽にもほどがあるべえ」

と、狭い足尾のこと、世間の笑い者になった。子供たちにまで、

「すけべえ爺……」

と、うしろ指を指された。その子供たちに、

「すけべえかどうか大きくなれば分かるぞいな。いいかお前ら、人間はな年は関係ない。大切なのは幾つになっても志を持つことじゃ。死ぬまで精いっぱい働くのじゃ」

あべこべにお説教をする。

こうと決めたら突進する性癖の清さんは、それが清さんの生命力の源でもある。念願は、足尾から日本一の太夫を出す——。その老いの執念一念だった。八十を過ぎたことも百も承知だ。清さんの脳裏には、あの染丸が浮かんで消えない。

清さんの跡を継いだ倅の茂吉は、また清さんに負けず劣らずの粋人、輪をかけた変人だった。清さんの生まれ変わりのような倅だった。

清さんの頭にこびりついている太夫がもう一人いる。江戸でその名を轟かせた遊郭「三浦屋」の高尾太夫だ。下野の塩原の塩の湯というところの出身で、別名塩原高尾と呼ばれた。その美貌を乞われて幼いとき「三浦屋」の養女になった。長じてその容姿の美しさは、養父母の眼を裏切らなかった。人目を惹きまたたく間に、遊郭中の評判になった。火事で丸焼けになった養父母への恩義を尽くすことで、さらに「感心な娘じゃ」と人々が褒め称えた。「三

浦屋」の二代目高尾太夫として僅かに二年半、胸を患い十九歳という短い生涯だった、薄倖の太夫だった。

「親父は、塩原は山一つ隔てた隣町、塩原高尾に負けない足尾太夫を出す！　死の床についてまで、毎日そう言っていましたからネ。わっしは親父の遺言だと思って――」

茂吉は「斉藤楼」を継いだからには、親父の夢を実現するのが私の夢ということになるかと、呟いた。茂吉ももう直ぐ七十だが、背格好から性格まで清太郎そっくりだった。親父の夢は私の夢、夢で終わらせたくないと、家業に熱心な態度も、清太郎に似ていた。

「斉藤楼」は現在五人の遊女をかかえていた。

二十代半ばの稼ぎ手が二人、他の鉱山の花街から移って来た。年季が明けても帰る家のない身の上、馴染んだ世界でもうひと稼ぎしたいという魂胆のようだった。女衒は口入屋の椿さんのほかに何人か出入りしていたが、なかなかこれはと思う少女はいなかった。新潟や秋田の山育ちが山また山の足尾に来て、太夫なるものが分からないのだから、仕込むといっても仕込みようがない。眼に映るものは山ばかり、茂吉の女将さんとて遊女の経験がないのだから、仕込みようがない。茂吉は思い切って、小娘たちを一、二年吉原の知り合いの遊郭に預けることにした。

が、今度はそのまま吉原に残ってしまう娘がいて、ままならなかった。足尾に戻れば戻ったで、元の黙阿弥ののんびりとしてしまい稽古ごとさえ身が入らない。

そこへ飛び込んできたのが淡雪と春駒だった。

春駒は福井の出身だった。寒村の次男坊や三男坊を坑夫として足尾銅山に斡旋してきた女衒の野波さんが、椿さんに頼まれて探してきた娘だった。器量よしで、気持ちの優しい、見掛けはおっとりしているが、芯のしっかりした根性ありげな娘だった。父親と二人暮らしだった。父親は腕のいい杜氏だが、怠け者で働くのが嫌いな大酒飲み、春駒は十四のときから奉公に出された。

器量よしが災いして、同じ奉公先の男たちから悪戯《いたずら》され、そのたびに何度も奉公先を変えた。丁度家に戻って来ていたとき、

女衒の野波さんから「斉藤楼」の話を聞き、自分のほうから申し出た。

「花魁とか遊女とか、よう知らんけんど、酒蔵や味噌蔵の奉公は、もう厭や……。絶対に厭や！」

血気盛んな若衆たちに悪戯された疵が、烙印となって心に残ってしまったのだろう。春駒は身ぶるいして淡雪に話した。

「あたしも自分から頼んだ。椿さんという口入屋に――」

雪松からの手紙を届けによく顔を出した椿さんとは、顔なじみになっていたので、

「女学校を卒業したら、一度母さんに会いたい。足尾へ連れてって」

「よーし分かった。連れてってやる」

「女子師範の試験が受かったらネ。今、猛勉強してるんだ」

「弥生ちゃんなら、大丈夫一発で受かるよ」

「有難う。女子師範の夢叶うといいな……」

淡雪(源氏名)は椿さんとそんな約束を交わした。女子師範の試験に合格し、女学校の卒業式も終わって、四月の入学式が始まるまでに女子師範の寄宿舎に引っ越しをしなければならない。椿さんにそのことは告げてあるのに、そのうち、そのうちと口を濁して一向に約束を実行してくれない。


寄宿舎に送る小荷物を荷造りしていた或る日、椿さんから衝撃的な事実を聞かされた。雪松との母娘の対面を、もう少し先に延ばしてやってくれないかというのだ。

「大人の世界にはいろいろあってなぁ、母さんの立場を考えてやってなぁ、弥生ちゃん……」

椿さんは辛そうに顔を顰めて、

「足尾で雇って貰うときな、娘はいないことになっていたんだ。年も若く誤魔化してな、そ

うしないと雇って貰えなかった。理解《わか》ってやってくれ。母さんいっしょけんめい働いたんだ。あと少し、ほんのちょっと時間をやってな、晴れて会える日を母さんなりに整えるだろうから、待ってやりなよ」

椿さんは考えに考えたすえ、もう隠してはおけないと真実を告げる時期だと思ったのだろう。が、弥生は、娘はいないことになっていたという言葉に、深く疵ついた。

弥生にとって青天の霹靂だった。聞かされた瞬間は、突然の悲しみに涙も出なかった。が、海辺の家に帰り自分の部屋に入ると、岩に砕ける波音が繰り返し聞こえて来て、弥生はどっと悲しみに襲われた。悲痛は胸が張り裂けそうに膨張し、そこから何日も何日も泪が容赦なく溢れつづけた。

或る日、弥生は決心した。

「斉藤楼」に行く。

太夫になる。絶対になってやる。女子師範なんか行かない。荷造りの荷物を放り出し、海辺に向かって走り出した。戸外は日暮れというより、夜の帳に暮れなずむ巨大な化け物のような黒い海がうねっている。未練もなく進学を放棄した弥生は、波打ち際すれすれに立って、

「椿さん。あたしを「斉藤楼」に連れてって！　雪松の娘だから花街で生きたって、当然

でしょ。そのほうが自然よ」

後をついて来た椿さんに向かって、弥生は吐き捨てるように叫んだ。

椿さんは、己がこんな人身売買のような斡旋業をしてきて、雪松一家とかかわったことで、何だかまともな人間になったような瞬間に何度か出会い、早い時期に足を洗って人生をやり直したいなどと思ったりする人間だったから、弥生を「斉藤楼」へ連れて行くなど出来るかいと、弥生を説得にかかった。まして弥生が「斉藤楼」の遊女になるなど、雪松に冗談にも言えやしない。

雪松が、そんな大胆な我が子の決断を知ったら、どんな衝撃を受けるか測り知れない。よりによって色の道で――、あれほど幼いときから小学校の先生になるのを夢見て来た娘……その娘のために女手一つで稼ぐには、身に着いた芸を生かすしか方法がなかった。荒くれ男たちの鉱山町、鉱山景気に湧く足尾はみんなが憧れた。同じ稼ぐなら鉱山町へ、荒稼ぎにあやかって何が悪い。夫に先立たれた女が綺麗事など言っている場合じゃなかった。

十年この方、仕送りを滞ることはなかった。娘の弥生は感心に、年老いた爺婆に代わって、毎月便りが届いた。娘の便りで恙無く暮らしている家の様子は手に取るように分かった。弥生の女子師範への夢は、手紙を寄こすたび書いてあった。

椿さんはその話もすべて雪松から聞いている。体に沁み込んだ夢を、未練もなくそんなにあっさり放棄出来るわけがない。いま陥っている弥生の複雑な心理状態を、腕づくで説得するわけにもいかない。雪松に合わせる顔もない。覚悟を決めた弥生を思い止まらせることも出来ない――。八方ふさがりの椿さんに、

「……もういいわ。「斉藤楼」へは自分で行って、直接決めてくる。椿さんとも、もう何の関係もない！」

母さんが嘆こうが。怒ろうが母さんとも関係を断つ。

「あたしはもう十八。子供じゃない。私は私の道を歩む」

自分で決めた道だから、自分に責任を持つわよ。と、椿さんに向かって毅然と言った。

「……あたしネ、花魁になって、母へ仕返ししてやるの」

淡雪は、春駒に心の内を全部話した。

「凄いこと言うネ、あんた」

春駒は吃驚した。思わず淡雪の顔を覗き込み、

「継母なの？」

「ううん。実の母よ。とっても優しいいい母よ」

優しいいい母——。そう間違いなくいい母親だ。小学校三年まで一緒に暮らしていた頃の母しか知らない。どんな母親でも子供にとってはいい母親なのだ。足尾へ出稼ぎに旅立った母と別れて十年、一度も会っていないが、一緒に暮らしたときの母は何十年経とうと母は母だ。

「優しいいい母親に、何故、仕返しするの？」

春駒は怪訝そうな表情のまま、直ぐに、

「淡雪ちゃんは恵まれている。家庭的に不幸じゃないってことだわ。羨ましい！」

嗚咽を堪えた声で、春駒は言った。

あたしの父はあたしを売ったのよ。親が娘を売ったの——三つのとき母親が死んで、杜氏だった父に育てられた。杜氏っていう仕事は、酒の仕込みが始まると酒蔵に住み込んで、長いときは半年も家に帰って来ない。そんなときは親戚の家に預けられる。小学校の三年になった頃から、女郎か女給かそんな女を連れてきて、「母ちゃんだ」と言われて一緒に暮らしたこともあった。

「母と呼べって言われた女が、何人変ったか——」

女が稼いでくると、父親は仕事に行かなくなる。しょっちゅう女と揉めて、揚句女が出て行った。その繰り返しだった。

「十三になると奉公に出された。悪戯されて家へ何度も逃げ帰った。何度目か逃げ帰って家にいたとき、女衒が来て、あたしが足尾に行くと言ったら、父は大喜び。女衒からお金をいっぱい貰って、娘を育てるっちゅうことは、こげんよかことあって、金の生る木を育てたのとおんなじやって、酷い父親だった」

あたしはそんなだから帰る家もない。

「だから、あたしは頑張って日本一の太夫になる。太夫になれば、自分一人で生きて行かれるからネ」

春駒と淡雪の動機は月とスッポンだ。

まだ「斉藤楼」に来て半年、容姿はどちらも負けず劣らず甲乙つけ難いが、江戸「三浦屋」の塩原高尾をしのぐ美貌は、清純そのもので、足尾の町には早くも噂が立ちはじめ、淡雪と春駒を女学生遊女などと呼ぶ人があった。

二

目の前には円錐形の山が聳えている。

右を向いても左を向いても、目の前に立ちはだかるのは山ばかりだった。足尾は誰かがうまいことを言ったが、擂り鉢状の底に栄えた町。明治から大正にかけて、人口密度の濃い鉱都として賑わった。

擂り鉢状の底の町だから、日暮れが早い。秋から冬にかけては昼間があるのかないのかと思うほど、午後の三時にもならないのに、大陽は、三角形の目の前の山の峰に沈みかけている。

「すいません。では、ちょっと出掛けて参ります」

お帳場の徳さんに声をかけ、雪松は「寿家」の裏口から外に出た。まだ九月なのに、空気は冷たくもう初秋の気配だ。普段着の上に羽織をはおっただけで、薄手の襟巻を掛け、大袈裟かと思ったが丁度いい。

徳さんとおくら婆さんには、郷里から出てきた知り合いの娘さんに、会いに行くと告げた。娘の存在は時期を見て言うつもりだったが、「斉藤楼」に勤めるとなると、雪松の心境は複雑だった。

落ち合う場所はカフェ「銀杏」。赤沢の花街の近くにある。

「あなた、寿家の雪松妓さんでしょ」

声をかけられて振り向くと、弥生だった。はっきりと弥生だという確証はないが、瞬間、顔を見た瞬間弥生だと思った。小学三年生のときに別れた子供の顔立ちが、成長した弥生の顔に残っていた。

「十分待ったわよ。来ないかと思った」

矢継ぎ早に言って、ともかく腰掛けなさいよ。と、まるで仲良しの友達に命令するように言った。

「……………」

雪松は何も言えなかった。弥生の言葉に操られる人形のように、弥生が薦める椅子に腰かけた。テーブルを挟んで向かい合うかたちになり、はじめて成長した我が娘を見詰めた。

十年の歳月が流れている。

父親似で雪松には似ていなかった。トンビが鷹を産んだとよく近所の人たちにからかわれた。女の子は父親似だと美人で幸運に恵まれると、浜の人たち、特に爺いちゃん仲間がそう言って、弥生の美貌を褒めちぎった。

「やぁだ、穴のあくほど見詰めないでよ――。何でそんなに見るのよ」

日に焼けて真っ黒な肌をしていたが、彫りの深い整った顔立ちに、みんなが見惚れた。色気も恥じらいもない田舎の女学生は、まだ美貌も醜女も何のことか分からない。

雪松は芸事こそ抜きんじていたが、容姿は並だった。どこにでもいる顔立ちで、普通の格好をしていると、芸達者な芸者さんとは誰が見ても思えない。

「何をじろじろ見ているの。娘の顔を忘れたとでもいうんですか――」

何を言い出したらいいか分からなくて、娘の顔ばかり見ていた雪松に、弥生は苦笑を浮かべて言った。

棘を含んでいた。母親に向かって言う言葉ではない。意識的に他人行儀を装い、存在《ぞんざい》に口を利くことで、十年ぶりの空白を空白のまま、母親との距離を縮めるどころか引き離そうとしているようだった。

「……すっかり娘らしくなって、吃驚りしてるのよ」

お父さん似ね……雪松は、まだ気持ちがうわずったまま、やっと言った。

「一年に一度は必ず那珂湊へ帰るって、約束したのに一度も帰らなくて、ごめんなさい」

「そんなことどうだっていい。今更そんな寝ごと言って謝まって貰っても、困るのはこっち。過去は戻らないし、帳消しにはしない！」

つづけて、あたしが許せないのは――弥生は言いかけてやめた。おろおろしている目の前の母の様子に、さすがの弥生も一瞬たじろいだのだ。母はもっと大胆な人間だと想像していた。父亡きあと一家の働き手として芸者になり、鉱山町の花街を望んだのだから、見掛けはなよ竹のようにしなやかな芸者、女っぽく繕っているだろうが、根は芯のしっかりした逞しさが、体の中を、太い一本の鉄の柱のように貫いているのだろうと、弥生は想像していた。

十年ぶりに会う娘の前でおろおろしている母など、見たくなかった。弥生は咄嗟に、これ以上惨めになっていく母を、追い詰めても仕方がないと思った。

「もういいわ。話題をかえよう」

卑屈な顔の雪松と違って、優位に立つものの自信に満ちた表情だった。

「あたしが選んだ道、母さんどう思う？　なんて、そんな莫迦なこと聞きやしないから、おろおろするのやめてよ」

娘が色の道で生きることに喜んで賛成する親なんて、三千世界尋ねてもいやしない。猛反対するに決まっている。

「あたしはもう決めたの。斉藤楼に住み込んで半年近くなる。あたしの人生だから、自分の人生に責任をもって生きる――。母さんには娘がいなかったんでしょう？　それでいいのよ。あたしも気がらくになった」

弥生は、皮肉でも嫌がらせでもないとつけたした。

「違う。違うの弥生ちゃん……」

雪松が、悲痛な声で否定した。

「違っても違わなくともどっちでもいい。母さんがいないほうが私も好都合……　母さんは母さんで一流の三味線弾きになればいい。あたしはあたしで頑張るから――」

本当は母さんの方から雪松として挨拶があっていいはずだ。足尾の花街の頂点に立っていると聞かされている。「斉藤楼」の女学生遊女と呼ばれて、町中の噂になっている淡雪（弥生）は、椿さんから聞くまでもなく我が娘と嗅ぎ分けただろう。それなら余計に気になって確かめるべきではないのか。

「同じ足尾の花街で生きることになったので、あたしの方からご挨拶！」

弥生はぐずぐずしている母に、投捨てるように言った。

椿さんから母の秘密を聞かされたとき、自分がこの世に生を受けていない人間、今まで生きてきたことが罪悪感のような気がした。存在を否定されたのだ。やっと十八……、女学校を卒業して社会の入り口に立ったばかり、一歩を踏み出そうとした矢先に、

「お前は、この世に存在しない人間……」

と言われて動転しない人間がいるだろうか。これまで産毛にくるまってぬくぬくと育てら

れてきて、いきなり千丈の谷に突き落とされた衝撃だ。谷底に蹲りいろいろ考えを巡らしているうちに、この世に存在しない自分なら、自分で自由に自分の生きる道を選ぼう。誰に相談する必要もない。誰も反対することは出来ない。あたしは自由だ。何でも出来る。

奈落の谷底で、涙が涸れるまで泣き明かした後、弥生は生まれ変わった。

足尾の花街の頂点に立つ雪松に、淡雪として挨拶をしたいからと、椿さんに取り持ちを頼んだ。

「雪松妓さんに性格がそっくりだ。サバサバしていて思いっ切りがいい。弥生ちゃんはほんとにいい娘だ」

俺がうまく取り持つから、一度会ってやるといい。椿さんはお節介で勧めているんじゃない。大胆な決断をした弥生の魂の救済という意味で、会うタイミングを外さないほうがいいというのだ。

椿さんに言われなくとも、十年も間をおいてしまった娘だもの、直ぐにでも会いたい。しかし雪松の心境は複雑だった。幼い時からの夢だった小学校の先生、女子師範に合格してそこを出れば夢は目の前に迫っていた。それを無残にも放棄し、母親に挑戦するかのように、「斉藤楼」の遊女になるという。

いや、実行した。

雪松は我が娘の行動力に唖然とした。渋川の見返橋の上を「斉藤楼」の女将と歩いていた小娘が、直感で弥生だと思ったときのことを忘れない。三月の半ば、足尾はまだ春の気配もなく、日がな一日風花が舞っていた。長い髪を三つ編みにした弥生は、女学生の着る紺のコートを着ていた。頸に白い毛糸の襟巻を巻き、足元は欄干に隠れて見えなかったが、卒業したばかりの弥生だった。

チョン太と結婚式の打ち合わせをしていて、話が終わり、立ち上がって何気なく二階の窓から外を見ると、丁度、二人が見返橋の橋の上を歩いている姿が目に入ったのだ。弥生に似た娘もいるものだと、最初は思ったが、だんだん弥生だという確証に変わった
町に噂が流れるようになって、椿さんから事実を聞かされた。子供はまだ幼い。許される。一家のための嘘も方便と、軽く考えていた己の浅墓さが、情けない。過ぎ越し時間の経過を気にもかけなかった迂闊さ――。

その間に娘は成長した。気がついたときには、逞しく成長した子供が巨岩のように目の前にいる。どこの親も吃驚する子供の成長だ。弥生にとんでもない決断をさせてしまった母の油断というか怠慢だ。

なんて親だ。椿さんから「早いうちに一度会うべきだ」と何度も勧められたのに、逡巡していた。心が定まらなかった。

上の空で過ごした半年は仕事にも響いていた。徳さんから、

「噂がたってるぜぇ、雪松のバチ捌きに精彩がない。どうしたんだって」

心に闇を抱えたまま生きてきた偽善を、こういうかたちで裁かれるのは辛かった。自分が十字架に磔になって、燃え盛る火柱の火炙りになることのほうが、まだ納得出来る。宝ものの ように大事にしてきた娘を、犠牲にしたのだ。

「自分を責めても、答えは出ない。昔のような弥生ちゃんはもう戻らないんだよ。先ず、会ってやることだ。そして今後の弥生ちゃんを見守ってやるしかない」

顔を見せてやるだけでいい。足尾にいるんだから、ちょいちょい会ってやればいい。

「……話すことがなければ、無理に話さなくともいいじゃないか。兎に角、ちょいちょい会ってやりな」

椿さんはいっしょうけんめいだった。己の贖罪を払拭するように、

「それにしてもさ、俺が、そもそも一番の悪だ——。二人にこんな辛い苦労の種を蒔いたのは俺だ。……口入れ屋なんて商売は、全く碌でもねぇ商売だ」

椿さんは、がっくりと肩を落とし呟いた。申訳ねぇ。申訳ねぇ、済まねぇとしきりに繰り返した。

カフェ「銀杏」の室内に灯がともった。まだ四時をまわったばかりなのに、窓の外は夕暮れの色合いが流れている。風が凪いだらしく、珍しく静かな一刻だった。山に囲まれた谷底の町には、人の動きもまばらになり、街路樹の葉も揺れず、精錬所の高い煙突から噴き出る煙が、一直線に空に向かって、一瞬、絵画の中の風景のように静かになることがある。

鉱山町の美しい時間だった。

二人の会話も途切れた。それぞれ椿さんに翻弄されて、取り返しのつかない状況になってしまったことを、思っているようだ。

「椿さんとは、関係ないからね」

弥生は、自分で交渉して決めたんだから、関係ないと念を押すように二度言った。雪松は頷いただけだった。

第七話　尾　行

一

とうとう雪になっていた。

朝方から降り出したのだろう。戸外はうっすらと白一色になりかけている。

春の雪にしては、細かい本降りだった。春の雪は水分をいっぱい含んだぼたん雪だから、地面に落ちるとすっと吸い込まれるように消える。それに長い時間降ることはない。が、細かい斜めに降る雪は、灰色に垂れこめた低い空から、蟲が乱舞するように落ちてくる。積もるだろうと雪松は思った。

でも、今日は出掛けなければならない。鶴蔵と約束をしたのだ。行ってあげないと鶴蔵のことだから、いろいろ心配するだろう。

雪松は雨コートを羽織り、駒下駄につま先覆いをかけて、雪道を歩く覚悟で支度をした。

足尾は長屋から通洞駅まで近いからたいしたことはないが、千葉の刑務所は、かなり歩くことになる。通洞駅を七時五十分発に乗っても、千葉へ着くのは午後二時頃になる。たとえ千葉も雪が降ったとしても、その時間なら止んでいるだろう。千葉はもしかしたらもう四月だもの雨かもしれない。いずれにしてもどっしりと低く垂れこめた灰色の空だから海沿いの千葉は雨かもしれない。

「また来月来るわね」

と言ったら、鶴蔵は「悪いね」と言いながら、その表情は嬉しそうだった。

新潟に住む鶴蔵の先妻の長男鶴太郎が、入所早々一度訪れたことは聞いたが、あとは誰も面会に訪れた様子は聞いていない。刑務所暮らしが長引いて下着や衣類はどうしているのだろうと、ふと、頭をよぎったとき、雪松は、着替えを持って面会に行こうと思い立った。

「助かるよ、有難う……」

着た切り雀で一か月近くも過ごした。躯中が痒くなって困っていた——と、鶴蔵は正直に吐露して笑った。雪松は、余計なお節介と思ったが、鶴蔵が雪松の面会を、言葉もないと喜んでくれたことにほっとした。

鶴蔵の今回の罪名は、お金の偽造だった。

『貨幣偽造行使罪』刑期は懲役三年六か月、罰金二十円」というものだった。大正二年三月三十一日に収監された。

明治四十年の足尾銅山暴動事件以来、鶴蔵には常に刑事が監視の目を光らせていた。

「俺はよくよく根性が腐っている。キリスト信者になって、性根が真人間になったと自分では思っていた。俺のまわりのみんなも、神様になったと褒めてくれる。が、いい気になって油断していると、ときどき腹の底の蟲が騒ぎ出し、ついバクチの癖が出てしまう――」

第二の故郷とまで決めた足尾を追われ、東京へ出てからの鶴蔵は、露天商の風船売りで生計を立てながら、片山潜らと社会主義活動をつづけていた。キリスト教に入信したとき必至で読み書きを覚え、「社会新聞」に、己の二十年におよぶ坑夫生活を『坑夫の生涯』として掲載していた。はじめ片山からは鶴蔵の熱意を買われて、社会新聞の編纂局員になったが、賃金がたちゆかず、風船売りの露天商になったのだった。

当時、社会主義活動は政府の取り締まりが厳しくなっていた。明治四十三年五月には、社会主義者を一網打尽とする大逆事件の大弾圧が行われた。無政府主義、直接行動を主張する社会主義者が、天皇制政府に対する対立を深め、爆弾を製造して明治天皇を暗殺しようと謀議したとして、全国各地の無政府主義者が数百名検挙されたのである。そのうち二十六名が大逆罪として起訴され、二十四名が死刑になった。

鶴蔵が、東京に出て風船売りで生きていかなければならなかった時代は、そんな時代だった。まともな教育も受けておらず、しかも社会主義者、とりわけ足尾暴動事件の首謀者とされて、常に、官憲の監視のもとにあった鶴蔵は、大道商人として生きていくほか他に道はなかったのだ。しかし親分肌でバイタリティのある鶴蔵は、その分野でもやがてゴム製品の玩具の新製品を考案し、特許をとって工場経営者になるなど才覚のある男であることは、みなが認めるところだった。また足尾銅山の坑夫仲間でもそうだったが、人の面倒見のいい鶴蔵は、露天商人たちからの人望は厚く、問屋にまでなったのである。

〝真面目で食えない今日この頃は、滑稽玩具が飯の種〟などという歌を書き、〝資本才能労働を一手に握って理想的な工業をやる考え〟などという手紙を片山潜に出し、発明や工場経営が面白くなったことを告白している。

が、金には困らなくなったが鶴蔵の心は満たされなかった。理屈では分かっていても腹の底の蟲が騒ぎ出すと、ついバクチに手を出してしまう。

そしてこのときバクチで負け、財布を叩いたとき、穴の開いていない五十銭メダルが出てきた。数日後このことが警察にわかり、家宅捜索を受けた。そのとき鋳造の機械や穴のあいていない五十銭メダルが見つかり、貨幣偽造の動かせない証拠になったのだった。

しかしその鋳造の機械は、二銭銅貨をつぶして五十銭銀貨と同じ型にし、銀メッキして穴をあけメダルにして売ることを考え、試作していたものだった。

足尾暴動事件で世話になった弁護士に、弁護を依頼したが、引き受けてくれなかったので他の弁護士に頼んだが、結局刑は免れず、三年六ケ月の刑で千葉の刑務所に送られたのである。

鶴蔵は苦笑せざるを得なかった。

明治四十年の足尾暴動事件で暴動の首謀者として拘束されたときも、事実誤認だった。むしろ暴動に猛り立った坑夫たちの行動を抑えたのだった。坑夫たちの鶴蔵への信頼度は高く、鶴蔵の言うことは何でもよくきいた。が、暴動にいたってしまったのは、当時の呼び名で箱元といわれる飯場頭が仕掛けたといわれる。普段から飯場頭への不満を抱いていた坑夫たちは、腹いせに爆発したのだった。

二

その足尾暴動の第三回公判が終わり、証拠不十分で出所したとき、鶴蔵はいささかの迷いもなく足尾へ真っ直ぐ戻った。が、鶴蔵を迎えた足尾は、迷惑な人間が再び現れることへの万全の防御を張っていたのだった。鶴蔵を迫害したのである。

鶴蔵の師、片山潜が執拗なまでに追求してきたのは労働者の団結だった。そのための労働者による労働組合の結成、合わせて生活面へのサポートとして消費者組合を作ること。鶴蔵はその片山潜の思想に全面的に賛同し、足尾で実践に漕ぎつけたかった。

当時、足尾銅山の労働賃金、つまり待遇が全国鉱山の中でも最悪だったため、改善したいと思ったからである。それに足尾銅山の労働者たちの鶴蔵への信頼度が大きかったことを知っていたので、応えてやりたかった。

鶴蔵は、週刊社会新聞に書いた「坑夫組合」の記事と、自らの過去二十年に及ぶ坑夫人生の手記をつづった『坑夫の生涯』の連載と、遊説用に一年に亘って獄中生活を書いた「監獄土産」と称する冊子の三種類の資料を携えて、足尾入りしたのだった。

幸徳秋水らの「直接行動派」といわれる無政府主義者と別れた片山潜は「議会政策派」といわれ、活動方針はもっぱら週刊社会新聞と、積極的な地方遊説をすることだった。片山潜は東海地方の遊説に出ていた。社会新聞編纂局長は東部遊説に、鶴蔵は北部遊説ということで足尾を担当したのだった。明治四十一年三月十六日のことである。

雪松は鶴蔵が足尾入りしたときのことを思い出した。

明治四十年の足尾暴動で凶徒聚衆の嫌疑で収監されたが、証拠不充分で嫌疑が晴れたが、警察の監視は一層厳しくなった。拘置所を出所した鶴蔵を、料亭「河瀬」の女将の配慮で、鶴蔵を、獄中生活の疲労を癒やすために一呼吸すべきと提案した。宇都宮の戸祭にある女将の実家で、一週間か十日くらい休養することを勧めたのだった。雪松にその任をやって欲しいというのだ。

「「河瀬」の女将さんの厚意を無にしてはいけないわ。心身ともに世間の風に慣れる必要があるわ。疲労困憊のまま活動しても……」

雪松は事前にそのことを話して、鶴蔵は納得した。

出所の当日、雪松は上野駅まで鶴蔵を迎え、東北線に乗って宇都宮に向かった。

宇都宮の駅には「河瀬」の女将が迎えに出ていた。

「俺は、直ぐ足尾へ行く」

鶴蔵は納得していたはずなのに、言い張った。が、雪松は、監獄を出たときから、数名の巡査がずっと尾行していることを小声で告げた。そのためにも一呼吸する必要があると言い含めた。

「何？　俺の行動を監視している？　足尾の人間から嫌われるのは覚悟のうえだが、官憲や巡査が出所から監視とは、恐れ入ったな」

　鶴蔵は苦笑しながら呟いた。

「監視でも尾行でも、勝手にやればいい。分った、分った今日のところは女将や雪松の云うことを素直に聞こう」

　仕方がないという表情で、強引さを引っ込めた。

　女将の実家に向かって三人は歩き出した。女将の実家のある戸祭は日光街道の入り口あたりだった。実家にはもう誰も住んではいない。女将がときどき骨休めに帰っていた。小さな平家の古い家だった。が、女将は潰すのは勿体ないと、まめに人を頼んで庭も家も管理していたので、綺麗に保存されている。

「私が生まれて育った家だから、死ぬのもここでと思っている。足尾は息子夫婦がちゃんとやっていくだろうし、父さんと二人でこっちへ移って、老後はここでのんびり暮らそうと決めているの」

　女将は歩きながら、雪松と鶴蔵に話した。

「鶴蔵さん。何にも考えずにゆっくり静養して下さい。監獄の垢を洗い落として、シャバに慣れるまでここでゆっくり過ごせばいい」

駅から二キロの道程を、三人で話しながら歩くとさほど大変とは感じなかった。戸祭の家に着くと、女将が云った。

「わたしは明日、足尾に帰るから、雪松妓さんよろしくやって下さいな——遠慮は禁物だよ」

雪松は、突然の女将の言葉に吃驚した。

「女将さんもずっと一緒かと思っていたのに——そんなに早く帰ってしまうなんて」

雪松は慌てて云った。鶴蔵と二人きりで、どう過ごせばいいか考えただけで気が重くなった。

女将は雪松の、そんな小娘のような小心に、

「小娘じゃあるまいし、いい大人が何を狼狽えているの。面会にまで行ってやっていた仲じゃないの」

と、揶揄《ひや》かした。面会は昼間だし、たかだか一時間くらいのもの、着替えを届けるだけだから、人として当たり前のこと。雪松は面会に行くたびに、自分の中に湧いてくるそわそわした気持ちに、そう云い聞かせて出掛けたのだった。

鶴蔵は風呂に入っていていない。

「とにかくわたしは帰ります。父さんを一人にしておけないわ。年寄りの病人は聞きわけがなくて、大変なの……」

女将はさらりと云っているが、雪松も「河瀬」の老主人の看護を何度か手伝っているので、病人の我儘ぶりは知っていた。跡継ぎの若夫婦が手こずっているに違いない。女将がそうさせてしまったと云えば、女将の自業自得だが、女将はひと時も傍を離れられないのである。

ちょっとでも傍を離れると、

「光子、光子、光っちゃん、光っちゃん」と大声で呼びつづける。「河瀬」は足尾のはずれの山の中にあるので、近所迷惑ということはないが、客には筒抜け、興をそぐことは間違いない。

女将と雪松がいい大人がとか、小娘じゃあるまいしと、揶揄かい半分に話しあっているところへ、鶴蔵が風呂から上がって来た。

「今夜はここで三人で出所祝い。わたしは明日足尾へ帰りますからね。鶴蔵さんは雪松妓さんに心行くまで世話になって下さいな。足尾でお待ちしていますね」

鶴蔵は、一瞬「はっ」という表情をしたが、

「はい。分りました。有難うございます。助かります」

などと神妙に頭を下げた。雪松はその様子を見ていて、面会のときと同じだとおかしくなった。雪松が着替えの包みを渡すと、

「有難うございます。助かります」

俺みたいな男にも、面会に来てくれる女性がいる。そのことがムショでは評判になっていたという。鶴蔵は、

「オクサンか?」

と聞かれたので「そうだ」とぶっきらぼうに答えてしまったという。

「申し訳ないが、口車をあわせておいてくれないか。頼む」

鶴蔵は申し訳なさそうに一言そう云った。

「そして出所についてまで、こんなに世話になって、俺はつくづく果報者だ。女将や雪松妓さんを大事にしないと、天罰があたるな」

日常生活の人づきあいが不器用な鶴蔵は、ずっと同じセリフばかり口にしてきた。雪松と一つ家に何日も暮らすことへの羞にかみもあるのだろう。坑夫の習性である呑む、打つ、買う、を繰り返してきた鶴蔵が、雪松には別人のような振る舞いを見せる不思議、「河瀬」の女将は、商売柄いろんな人間を見てきて、鶴蔵と雪松の心理が理解できなかった。魔訶不思

議としか言いようがない。

　二人ともそれなりの立場で修羅場をくぐって来た男女ではないか。何を拘っているのか、十五、六の少年少女のような、淡い恋心をいっしょうけんめい内に秘めて、雪松も鶴蔵も隠そうとしている。

「加奈ちゃんのことを任されて、何とか希望が叶って東京の国立病院に看護婦として就職し、素敵な女性になりました。鶴蔵さんから頼まれたことは、果たしたつもりです」

　あとは鶴蔵さんが、足尾の坑夫さんたちのために監獄に入りながらも、躍起になって頑張っている姿を見ると、私も何か手伝えることはないかと、居てもたってもいられなくなるんです――雪松は「河瀬」の女将に躍気になって、言いわけをするのだった。女将は、

「まあ、まあよく分りました。分りましたよ。わたしは、予定通り明朝は足尾に帰りますからね」

　火の始末、戸締りなどくれぐれもよろしく頼みますよ。と、気の抜けるほどさばさばと言い残して、女将は翌る朝早く起きて、戸祭の家を出て行った。

三

戸祭の家での一週間が過ぎた。

鶴蔵は、朝から晩までひたすら足尾の労働者たちのことばかり考えて過ごした。念頭にあるのは足尾での活動方針、その方針に従った計画書作成に、わき目も振らず没頭していた。

夕方になると雪松は、鶴蔵を散歩に誘い、ときには日光街道杉並木あたりまで、足を延ばした。勿論、戸祭の家の廻りにも遠巻きに巡査が監視していた。散歩のときも尾行している。

厭な気分ではあるが、当時の世相だから仕方がない。

いよいよ足尾へ出立という日、朝早くから巡査が家の玄関前に立っていた。

「あっ、お早うございます。いよいよ出立ですか。どちらへ?」

「いい加減にして下さいよ。我々が何処へ行こうと、あんた達には関係ない!」

鶴蔵が不機嫌に言うと、

「我々も、職務ですからね」

と、短く答え、立ち去って行った。

雪松は、雨戸を閉め戸締りをした。そしてもう一度家の中を一通り確認してから玄関に出た。

鶴蔵は、宇都宮から日光線で鹿沼で下車し、粕尾峠越えの道を歩くという。

雪松は、鹿沼で鶴蔵と別れ、相生まで行って浅草からの東武線に乗り換え、さらに大間々で足尾線に乗り換える。

鶴蔵には、二人の巡査が尾行した。

「あんたにはこれ以上迷惑はかけられん。足尾で何が起こるか分らんけど、一切心配はせんように……」

鶴蔵はそう云ったが、

「困ったときは、いつでも云って下さい。迷惑なんかちっともありませんからね」

雪松はしつこいくらいそう云って、鹿沼で別れたのだった。

足尾に入った鶴蔵への迫害は、言語に絶するものだった。

雪松の耳へも耳をふさぎたくなるほどの事実が飛び込んでくる。

「鶴蔵が、足尾に帰って来た」

という知らせが瞬く間に知れ渡ると、鶴蔵の存在を忌み嫌う人々も、鶴蔵を待ち望んでいた人々も、みなが緊張した。

永田鶴蔵来る――の情報で、人々の緊張とは別に、足尾銅山鉱業所と警察は、足尾への入り口である日光の細尾峠口、群馬県の大名《おおな》峠口、鹿沼の粕尾峠口に数名の巡査を配置するという物々しさだった。

先ず、宿泊する宿が締め出した。警察が旅館という旅館に、「鶴蔵を泊めてはならない」というお達しを出したのである。銅山関係の労働者仲間には、「鶴蔵を泊めた場合は、直ちに解雇する」というものだった。

また、鶴蔵の知り合いの商家や知人の家が泊めたりしたら、地主が直ちに立ち退きを命ずることになっていた。農家の場合は、小作田畑を取り上げるというものだった。

いくら強靭な鶴蔵でも、活動する拠点がなければ、手も足も出ない。再び運動も活動も出来ないだろうという作戦だった。

粕尾峠越えで、物々しい監視の目をくぐって足尾入りした鶴蔵は、刑務所を出るとき準備してきた「監獄土産」の小冊子は、多くの人々が買ってくれた。が、警察は買った人たちの住所氏名を記録した。鶴蔵のまわりにはいつも数名の警官が取り囲んでいたのだ。

鶴蔵と話そうとする者を引き離し、鶴蔵の噂をしているだけで、厳しく注意するという様子は異常としか思えなかった。

鶴蔵は鉱業所と警察の徹底した監視と迫害には、さすがの鶴蔵も気持ちがへこんだ。が、そんな状況の中で、鶴蔵に手をさしのべてくれた人がいた。鶴蔵の人間性を買ってくれている人がいたのだ。鶴蔵の労働者としての心意気、自覚や向上心など、また仲間への思いやりなどにほれていたのだ。中出石太郎という人物だった。が、すかさず官憲の手が、地主にまわり地主から中出に立ち退きが言い渡された。たった数日の宿で、鶴蔵は中出家に迷惑はかけられないと、中出家を出た。

次に手を差し伸べてくれた人は金田座の金田徳松だった。「金田座」というのは劇場で、金田座の主とは以前何回か演説会の会場として貸して貰っていた。鶴蔵の人柄を常日頃褒めていた。しかしここにも警察の手がまわったのだった。

金田徳松は以前、労働運動の演説会に貸した理由で、監獄に収容されたこともあった。

鶴蔵は、予想外の足尾銅山鉱業所と警察の攻撃に、何も打つ手がなかった。いよいよ迷惑はかけられないと言い切った雪松を頼るしかないかと、雪松の住む通洞長屋へ行くことを考えた。

鶴蔵が以前借りていた通洞の坑夫長屋は、足尾暴動で収監されるとき、入居資格を剥奪されていた。

どんな迫害や弾圧をも乗り越えてやろうと自信があったはずだった。足尾にとどまり労働者を組織し、かねて構想していた鉱夫の全国組織、労働組合の基礎を何んとしてもつくりたい。足尾銅山の労働者は他のどこの鉱山よりも賃金が低い。指導者がいない。俺がなんとか打開してやりたい!! 鶴蔵の足尾への思いは、創業者市兵衛の熱い思いと重なって、弾圧にもめげず体内を突き動かす。

労働者といえども学ぶ権利がある。坑夫たちは、指導者がいないので、鶴蔵の組織する誠志会で学ぶことを覚え、切磋琢磨してきたという経緯がある。そういう意味で鶴蔵の存在を必要としていた。官憲の弾圧や会社の理不尽な迫害の中でも、鶴蔵の再び足尾に帰ってくるのを待っている人々がいる。「監獄土産」が売り切れたことが証明している。

その鶴蔵を慕う労働者たちを見捨て、足尾を去ることは断腸の思いだが、鶴蔵は足尾をいったん引き揚げることを考えた。東京へ行って片山潜の元で手伝いながら、時間を稼ごう。諦めるわけではない。時を待つのだ。その時はきっとやってくる——。

雪松に会っていこう。雪松がどんなに心配しているか——「河瀬」の女将には雪松から伝えて貰えばいい。鶴蔵は無性に雪松が恋しかった。巡査が付け回っていても一向に気にしなかった。

雪松は「寿家」見番は退いていたが、売れっ子の三味線弾き、第一線から引退しても毎日引っ張りだこだった。仕事が終わるのは大抵深夜と聞いていた。

通洞の坑夫長屋が並ぶ通りは、街灯が点いているが脇道に入ると、暗闇で足元が危ない。雪松の長屋は共同浴場の奥にあるので、大通りに面した浴場の横を這入る。浴場の入り口には深夜まで門灯が点り、遅番の坑夫たちの出入りが激しかった。

人目を避けるといってもなかなか人の切れ目がない。

鶴蔵は、どんな場面でも人目を気にする人間ではなかったが、雪松に関しては雪松を巻き添えにするわけにはいかない。娘の恩人ということは親の俺にとっても恩人だ。俺のような人間とつき合っていることが世間にばれたら、雪松は足尾には住んでいられなくなるだろう。俺を敬愛している坑夫にさえ、知られることはまずい。

共同浴場の前まで来て、鶴蔵は、あたりを牽制しつつ板塀に身を張り付けた。足尾では労働者以外、町の人たちみんなが鶴蔵を知らない人間はいない。子供たちでさえ知っている。たとえ入りたての新米坑夫でも、顔を見られたくない。鶴蔵は浴場の入り口で、坑夫が、ふと、立ち止まると見つかったかと、何度も息をのんだ。

子供を連れた坑夫の家族も絶え間なくやってくる。子供が一人で走ってくるので、

「今だ！」と思うと、長屋のかみさんたちが現れる。

「こら、坊主。夜道を走ったら転ぶぞ！　転んで足おっかいたらどうすんだ」

長屋のおかみさんが叫んでいる。鶴蔵は慌てて板塀に張りついた。長い時間が経ったような気がした。

「あら、鶴蔵さんじゃありませんか」

頭をねじって振り向くと、雪松だった。三味線を抱えている。

「そんなところで、そんな恰好でどうなさったんですか――」

雪松が、微かに笑ったようだった。鶴蔵は少し不機嫌な口調で、

「あんたの所へ行こうとしたが、人の目が気になって、隠れていた」

「まあ、おかしい。鶴蔵さんらしくもないわ。さっ、行きましょう」

雪松は平気な様子で言った。

「人に見つかって、噂が流されて困らないのか？」

「……いいとは言いませんけど、あなたが家へ来るというのはよほどのことでしょうから、私は平気ですよ。ましてやこんな暗がり、誰が誰か分りませんよ」

と言ってから、知る人はもう知っていますよ。知られてももういいじゃありませんか。何か悪事をたくらんでいる関係じゃありませんでしょ。仲良しの男と女ですと、胸を張って言い切ればいい——。

雪松はいさぎよくそう言って、先に立ちすたすたと暗い路地裏を歩き出した。

鶴蔵は、知り合いの坑夫の家族と顔をあわせたが、雪松のいさぎよさに圧倒されながらも、心配していた自分の小心に苦笑しながら、雪松のあとを追った。

雪松は足尾を離れることが出来なかった。「寿家」見番を退いても、「斎藤楼」に娘の弥生がいる限り、足尾にとどまって娘を見守っていたいという親心だった。足尾に暮らしていても滅多に娘と会うことはない。が、娘が母親を必要になることがあるかもしれない。そんな漠然とした何かのために、いや、自分が娘のそばを離れたくないのである。

鶴蔵は雪松のそんな心中は知らない。加奈のために尽くしてくれた雪松、そしていつか自分の心の寄りどころになっている雪松、

「さっ、早く入って下さい。夜はまだ冷えるから——」

鶴蔵は、一人暮らしの女の家にこんな夜更けに訪ねてと思いながら、家の中に入った。

「寿家」に頼まれて、この家でも芸妓たちの三味線のお稽古をしていたので、六畳と三畳の

ちいさな小屋のような長屋暮らしだが、小奇麗に片付いていた。

鶴蔵が借りた加奈のための長屋とは雲泥の差だ。同じ通洞の長屋なのに、鶴蔵という人物のその頃からいかがわしい男と睨まれていたのかもしれない。鶴蔵は数年前のことを思った。

雪松は置炬燵に火を熾しながら、

「会社も警察も残酷な仕打ちですね。でも、町の心ある人たちは鶴蔵さんを悪く言いませんよ。足尾銅山にとっては必要な人だって分ってますよ」

それでこれからどうなさるの？　と雪松は性急に訊いた。

鶴蔵は部屋に上がると、がっくりと頭を垂れて、

「口惜しいけど、足尾を去ることに決めた」

が、夢が潰えたわけではない。足尾銅山を労働組合結成の拠点にする考えは、貫く。が、今は監視の目が厳し過ぎて、動けない。

「参った！　参った！」

と呟くばかりだった。

「……足尾を離れるんですか――」

淡い淋しさを滲ませて雪松は言い、鶴蔵の夜露に濡れて、冷たく冷えた躰を置炬燵にくる

まって温めるように奨めた。三月末の足尾はまだ冬籠りのような寒さだ。家といっても長屋は安普請の板張り、隙間風は情け容赦もなく入ってくる。

「俺は、社会主義者といっても秋水らとは違う。天皇を打倒するとか、無政府主義を主張するとか、親分の片山潜の思想は違うんだ。人間の底辺で生きている労働者たちの人権を守る。幸福になる権利のために闘っている。働きやすい職場を要求しているだけだ。日本の資本主義も、労働者あって成立、その労働者には人権がないというのはおかしい。資本家と交渉するための組織は必要不可欠なんだ。それを国家権力が阻止するのは理不尽、本末転倒というものだ。労働者の権利を守る。その組織を作る。それが俺の夢だ」

「………」

雪松は熱いお茶を淹れながら、目と鼻の先の台所で無言で聞いていた。鶴蔵の人間性に心が傾くのは、鶴蔵の、社会の矛盾を是正するために行動する。というところだ。十五、六歳から坑夫の人生を歩ゆんで来て、坑夫の常套である呑む、打つ、買うの世界に溺れ、こんなことで人生を終わらせてはなるものかと、こつ然と目覚め、キリスト教に入信して読み書きソロバンを独学で学び、常に自己向上をはかってきた鶴蔵だった。坑夫の仲間たちにも底辺に生きている人間といえども、勉強の尊さをおしえ、志誠会を結成して共に学んできた。

学ぶ喜びを身をもっておしえてきたのだ。

雪松とて同じ、貧しい漁師の家に生まれた底辺の人間。鶴蔵の生き方に呼応して何が悪い。

「いつも虐げられて、虫けらのように資本家の足元に縋って、そんな隷属的な主体性のない生き方ではなく、提供する己の労働に見合った報酬を獲得して、明るい場所で幸福に生きる。それが人間としての権利なんだ。俺が生涯坑夫を貫いたのは、その理想を獲得するためだった」

片山潜の思想に意気投合し、その分身として初期目的を達成する。鉱山労働者の組織を作り、資本と対等に対峙し合意に漕ぎつけたい。

「俺は、絶対に諦めないぞ!!」

何度も同じことを言う鶴蔵の声は、涙声だった。

が、足尾の町を一歩でも歩くと、官憲が寄って来て取り囲む。足尾暴動事件以来、鶴蔵の廻りには以前にも増して巡査や官憲が多くなった。坑夫と立ち話をしただけで、その坑夫もつかまって、警察に引っ張られていく。

「東京に行くつもりだが、巡査や官憲の監視は同じだと思う。が、東京では風船売りでもして暮らそう。そしたら官憲たちだって俺を監視しなくなるだろう。俺なんかのように無学で何の取り得もないことが分れば、直ぐ解除されるさ」

と、鶴蔵はほんとうに風船売りで生計を立てるしか、ほかに生きていく方途はないという。

そしてふと、もの柔らかな父親の顔になり、

「東京へ行ったら、加奈に会いたいな。会えるかなぁ――」

と呟き、雪松に加奈の居場所を紙に書いて貰うのだった。娘に会いたいという鶴蔵の気持ちは、相当に心が折れてしまっていると、雪松は察した。

雪松は、鶴蔵はもう足尾へは戻れないかもしれないと、ふと、そんな気がした。ここで挫けた気持ちを再び立ち上げることの人間の強さはない。人間は一旦挫折すると、躰の中のすべての機能が狂い出し、バランスが崩れる。調整が効かなくなる。懐かしい足尾に行こうという気持はあっても、労働組合結成の夢を叶えるだけのエネルギーは残っていないだろう。

雪松は、じっと鶴蔵を見つめた。よく見ると憔悴しきっている。雪松は思わず鶴蔵を抱き締めたい衝動に駆られた。

「雪松妓さん。あんたに頼みたいことがある。まぁ、ここへ来て座ってくれ」

そのとき鶴蔵がぽつんと言った。

雪松は慌てて、胸の内を悟られまいと、聞こえなかった振りをした。

「えっ?」と聞き返す雪松に、鶴蔵はもう一度同じ口調で言った。

耳朶が熱くなっている。雪松は己の揺れ動く気持ちに叱咤しながら、わざとぞんざいに鶴蔵の前に座った。

「あんまりお役に立ちそうもなくて、ごめんなさい……」

「いや、そんなことはない。こんな人間がこんなことを言うのは申し訳ないが、俺は……あんたを身内みたいに思っている」

鶴蔵さんは雪松妓さんにぞっこんよ。という「河瀬」の女将の声が雪松の耳に聞こえていた。もうずいぶん以前の頃からだった。

加奈が父親を探して足尾にやっとたどり着いた頃だ。足尾へ着くなり未遂だったが加奈のダイナマイト心中未遂事件があって、鶴蔵は、娘の行為を非難した。が、その娘を雪松に託した。親密な関わりを作りたかっのだろう。

雪松も喜んで引き受けた。加奈をわが娘のように愛した。いや、誰が見ても実の娘かと思うほど可愛がった。

その様子をみて「河瀬」の女将は、鶴蔵と雪松の心理が読めたという。

加奈の面倒を見て貰って、一人前になり人生を歩んでいる。感謝してもしきれない。その加奈のことだが、今後もずつと見守ってやって貰えまいか。実の母親つまり俺の家内だが、北海道に住む田舎者で、気が利かない。娘とはもう話がかみ合わないだろう。

鶴蔵ははじめて妻の存在を口にした。一時は行方も生死も分らなかったが、現在は夕張に末の息子夫婦と暮らしているという。たまに手紙で近況を知らせてくるらしい。新潟に住む先妻の義理の子の長男につれられて、監獄に一度だけ面会に現れたそうである。

「苦労をさせたから、だいぶ人間が窶れて、老けた」

妻には済まなかったと思っている。が、男たるもの一端決めた主張は変えられない。家族がバラバラになろうが家族のためには変えられなかった。

「しかしここへきて四方八方塞がりだ。学問もない、金もない。そんな力もない微力な男は、この無様だ。笑ってくれ！」

鶴蔵は呟くように小さく言って、顔を歪めた。

夜半から風が出たらしい。立てつけの悪い雨戸ががたがた鳴っている。冷たい隙間風が容赦なく、隙間だらけの長屋の中を吹きまくっている。鶴蔵は、腰を上げ、

「帰るか！」

と呟いて立ちかけた。そして雪松は慌てて鶴蔵に、

「今夜は、お泊りになるところがあるのですか？」

と、訊いた。

「ない」

「今夜はここにお泊りなさい。明日の朝早く、暗いうちにここを出ればいいでしょ」

と雪松は引き止めた。

早朝四時に交替する朝番の坑夫たちが、ぞろぞろと坑口に向かう前にここを出ればよいというのだ。雪松は、そのとき決して忘れることのない、「寿家」の二階から眺めた、あの早朝の坑夫たちの出勤風景を思い出していた。

立ちかけた鶴蔵は、

「世話になるか――」

と呟いて、腰をおろした。

四

鶴蔵は早朝三時に起きて、雪松の長屋を出て行った。

昨夜、ここに泊まると決まると、雪松は、置炬燵の上にテーブルをのせて、酒肴を用意した。鶴蔵は酒が好きだった。上等な酒はないが貰いものの新潟の酒があった。

「貰い物だけど、よかった。別れの盃を交わしましょう」

雪松は言って、酒肴を二、三品作った。鶴蔵は、

「別れの盃なんて言うな。また直ぐ足尾へ来るんだから——」

鶴蔵は寂しそうな表情で言った。

「ごめんなさい。変なこと言って」

「あんたは俺が嫌いなんだ。迷惑なんだろ」

そうだろう。何の取り得もない妻子持ちの初老男だもんな。足尾の花街の頂点に立ったあんただもん、俺なんかを好きになるわけがない。足元のハエほどの値打もない。こんな夜更けに押しかけてきて、ぬくぬくと一夜の宿を世話になるなんて、身の程知らず、恥を知れっていうところだ。済まん。済まん。

鶴蔵は、空きっ腹に呑んだ酒がまわり、口から出まかせを言い並べて、ご機嫌になっていた。酒に飲まれる鶴蔵ではない。坑夫になりたての二十代まで、一升酒どころか二升酒をぺろりと平らげていた。呑む。打つ。買うは　序の口、喧嘩もよくやった。

キリスト教に目覚めたのは二十五歳のとき、こんなことをやっていたのではダメだと自己に嫌気がさし、己を本気で鍛え直そうと聖書を読みはじめた。人間として学ぶことを捨ててはダメだ。キリスト教の教えに没頭し、人間改造に成功した。仲間にも薦めた。それなりに自己研鑽につとめてきた。人の苦しみや痛みがわかる人間になること。まだ完璧ではないが多少は人のために行動できる人間になったつもりだ。

「鶴蔵さんは優しさがあるわ。ほかの坑夫さんたちと明らかに違いがありますよ」

雪松は、鶴蔵に相槌を打つように言った。雪松も久しぶりの酒に頬を染めていた。

別れの盃に慣れていない鶴蔵は、あきらかに照れ臭いのだった。安易に女を買うのには慣れているが、雪松に対してだけは、どう向き合えばいいか、戸惑うばかりだった。

炬燵に横になって二、三時間は眠っただろうか。直ぐに朝が来て鶴蔵は起き、出立の支度をして、

「じぁ、行くよ。世話になった有難う。達者で――」

これが鶴蔵の、早朝雪松の元を出て行くときの挨拶だった。雪松は昨夜の会話の中で、送らないからと伝えた。通洞駅から一番電車が出るのは四時だった。

三時半に雪松の長屋を出た鶴蔵は、待合室で三十分も待つことになる。

人気のない待合室は、朝方は特に寒いだろう。雪松が気遣うと、

「たかが三十分くらい、覚悟を決めた人間だから、泣き言は言わん」

長屋を出た鶴蔵の足音が、風の音の中にコツコツと響く。通洞長屋の立ち並ぶ路地を共同浴場あたりで消えると、雪松は胸が苦しくなった。やっぱり通洞駅まで送るべきだったと悔やんだ。

共同浴場の大通りへ出て、渋川沿えに花街を突っ切って往還に出ると、通洞駅は直ぐだった。

鶴蔵が去った家の中は森閑と静まり、冷たい昨夜来の風が吹き抜けていた。静寂の中で雪松は、靴音を聞いたような気がして立ち上がった。慌ただしげな靴音は二、三人の監視をしていた巡査の靴音だと直ぐに分った。

間もなく、早番の坑夫たちの出勤時間がやってくる。暗がりの往還に、今度はざっく、ざっくという異様な靴音が響く。足尾へ来て、雪松が「寿家」見番の二階の窓から眺めた、足尾の早朝の光景だった。往還を黒い塊の行列が長々とつづく。ざっくざっくという靴音を響かせた、その黒く長い塊の行列は、早番坑夫の出勤風景だと知らされても、それは独特の足尾ならではの風景で確かに異様だった。

那珂湊の海辺の集落に育った雪松には、まるで戦場にいるような恐怖心に包まれた。

「こんな殺伐とした町では暮らせない」

「直ぐにこの町を出たい！」と、雪松は躰を震わせながら真剣に考えたものである。が、慣れるということの恐ろしさ。この足尾の町に来て、もう何年経つのだろう。すっかり溶け込んで生きてきた。これからも生きていかなければならない。娘の弥生までこの町に住んでいるのだから、この町を出るわけにはいかない。

雪松は、時計を見た。鶴蔵を乗せた電車はもうとっくに足尾を離れていた。雪松は一人ぼっちになってしまったような孤独を感じた。足尾に来て鶴蔵に出会ったことは、雪松の人生を左右したと思う。その鶴蔵に会えなくなったことは寂しい。躰の中に大きな穴が開いたような淋しさだ。

まだ朝は早い。陽が上るまでには時間がある。

雪松はもう一度床にもぐった。

すり鉢の底に沈んだような町の、朝の静けさの中でもう二番電車か三番電車の汽笛が鳴っている。線路をきしませて走る列車の響きが聞こえる。雪松はうとうとしたのだろう。やっと目が覚めた。

炬燵のテーブルの上に、鶴蔵のいつも腰に下げていたタバコケースが置いてあった。ケースは空っぽだった。忘れて行ったのか、俺の変わりだということか雪松は手に取った。

「また、来る。足尾へ帰ってくるよ！」

鶴蔵の声が、入口のほうから聞こえたような気がした。

「必ず帰ってくる。いつ帰れるか分らないが、俺は必ず帰る――」

空耳としても、確かに鶴蔵のそう言っている声が聞こえる。雪松は、その声を胸に納めて、気を沈めるのだった。

第八話　娘の死

一

躑躅の株の根元に、青大将の抜け殻が絡まっている。

掛水倶楽部の社宅は、足尾銅山のお偉いさんたちが住んでいた社宅だから、家の間取も多く、壁や襖で仕切られた日本家屋。猫の額ほどしかなかった坑夫長屋とは違い、広い庭もある。庭の先は雑木林に続いていて、庭の端の山際には山躑躅が沢山植えてあった。

足尾の山は雑木林が多く、エニシダや木瓜、躑躅の株などの灌木が生えているので、春から初夏にかけては、黄色いエニシダや橙色の木瓜の花が咲き競い、社宅暮らしの人々の目を楽しませてくれた。

雪松は、砂畑の坑夫長屋から掛水の社宅へ移って、まだ間もない。

数か月前まで採掘部門の部長さん一家が住んでいたというその社宅は、どこも手入れなどする必要がないほど綺麗で、雪松は、それが気に入り、総務部長の奥さんから声がかかったとき、躊躇わずに、誰に相談することもなく、二つ返事で早速引っ越した。

通洞の坑夫長屋は町中だったし、砂畑は河川敷のような渡良瀬川のほとりだったから、毎日のように頻繁に蛇の抜け殻や、ほんものの蛇に出会うことはなかった。

掛水に越してきて、毎日どころか日に何度も蛇の抜け殻や、ほんものの蛇に出会い腰を抜かした。不吉な予感に襲われたりした。蛇はほんとは不吉な生き物ではない。お金や幸運をもたらすといわれ、神様の使者とも言われている——

気にすることはないかと自分に言い聞かせ、雪松は、早く引っ越し荷物の整理をしてしまわないと落ち着かない。と、気ばかり焦るのだった。

が、ダンボールの中やごみ箱の中に蛇が蹲っている妄想や、家の中に蛇が潜り込んでいる妄想にかられ、作り付けの戸棚に、食器を片付けるときなど、奥の方まで手を伸ばすことが出来なかった。

そうした際限もなく湧く妄想を断ち切ったのは、娘の死だった。

町役場の庶務課長の奥さんだという神山早紀さんが訪ねて来た。

「吃驚しないで下さいと言っても、吃驚なさるでしょうが……」

と、早紀さんは言い難くそうに口ごもり、上がり框に腰掛けたまま、雪松が進めたお茶を一口飲んだ。外は、早紀さんが家の中に駆け込んできた来た途端、突然、足尾の山特有の夕立が、大粒の雨足で降ってきて、早紀さんの言葉は聞きとり難かった。

雪松は神山早紀さんと、一度面識があることを思い出した。

銅山事務所のお偉いさんの奥さんたち四、五人に三味線を教えていたので、年に一度お披露目の発表会がある。足尾には劇場がたくさんあるが、歌舞伎を専門に興業する「城崎座」が毎年の会場だった。昨年のお披露目のとき、銅山事務所の総務部長の奥さんが神山早紀さんを招待して、師匠である雪松に楽屋で紹介した。

「神山早紀さんは裂き織りをなさっていて、私は普段着の半幅帯を何本も織っていただいたのよ。とても器用で筋がいい方――」

確かそう言っていた。

此の度訪ねて来たときも、

「雪松先生には一度お目に掛かっておりますが……」

と、鄭重に挨拶した。

銅山の企業城下町に暮らす町内のご婦人たちは、結局、銅山に出入りする都会の人々の刺激を受けて、言葉使いや生活水準は中流意識であった。

「――今朝、東京から足尾の役場に連絡が入って、うちの人が電話に出たのですが……元足尾町の収入役だった倉沢さんと、まだ若い娘さんが、品川区のアパートで心中しているのを、アパートの大家さんが発見したんですって。品川区の役人や警察が立ち会って、倉沢さんの身元は直ぐ判かったそうです。が、若い娘さんの身元が分からない。と、先方が困っていた。うちの人は電話を切ってから、若い娘さんは……淡雪さんかもしれない。淡雪さんだ。淡雪さんに違いないって言うの。雪松先生の娘さんだから直ぐに行って知らせて来いって、早く行って来いって……」

早紀は今にも泣き出しそうになりながら、一気に言った。

雪松は、きつい表情で聞いていたが、

「私の娘？　弥生が？　心中……まさか」

呟くように否定した。

「……弥生からは、二、三日前電話があって、近々足尾へ来るって言っていました。東京に新しい仕事が見つかったので、「斎藤楼」にご挨拶に行きたいから母さんも一緒に行ってくれって……」

確かそう言っていたわ。雪松の声は明るかった。二、三日後に心中しようと決めている人間の話し方ではなかった。弥生の弾んだ声がまだ、雪松の耳に残っている。

「倉沢さんと一緒に死んだ若い娘は、弥生ではないわ――弥生とは違いますよ」

雪松は、弥生の源氏名を決して口にしなかった。が、強く否定する口調だった。

倉沢収入役が、「斎藤楼」の淡雪に惚れて、毎晩のように通い詰めていることが、町中の噂になっていた。もう二、三年も前からで、倉沢さんと弥生が町を歩いていると、みなが伏し目がちに眺めた。

雪松の耳にも入っていた。が、雪松は、淡雪などは知らない。私の娘は弥生。弥生という娘は利口だから、いくら東京の大学を出た優秀な町長候補になるような人間でも、家族持ちの六十男が夢中になっても、騙されるはずはないと信じていた。

噂を耳に入れてくれる人は、雪松と極く親しい人たち、例えば「寿家」見番で可愛がっていたチョン太夫婦や、割烹旅館「一丸」のお女将さんとか、親身で雪松にものの言える人たちだった。

「早紀さん。ご心配かけて済まないわ。有難うネ」

雪松は冷静だった。淡雪が弥生であることはよくわかっている。倉沢収入役と心中した若い娘は、間違いなく弥生に違いないと思う。内心の深いところでは何故か認めている。が、二、三日前弥生から電話があったことは事実だ。電話の内容も事実だろう。

弥生が東京へ発ったのは半年前。「斎藤楼」には長期の休暇をもらって、少し人間を磨いてくる。大人になってくるなどと、わけの分からない大層なことを言って「斎藤楼」の主を説き伏せたのだった。雪松には、

「魂を入れ替える。東京で新しい仕事を探して人生をやり直すの。まだ三十だものやり直せるでしょう。お母さん見守っていてね――」

東京へ発つ日の前夜、雪松のところにやって来て、チョン太と龍吉夫妻にも来てもらい、雪松の手料理でささやかな送別の宴を持った。雪松は娘の改心を信じ、何も余計なことは言わなかった。黙って見送った。

弥生が太夫になる夢を捨てたのには、足尾銅山の盛衰と多少の関わりがある。昭和に入って昭和恐慌や第一次世界大戦の疲弊など、社会情勢が不安定になり、全国の鉱山にも不況が訪れ、足尾銅山の鉱業にも影を落としはじめた。銅山の動向は花街の活況にもすぐ現れる。

一人前の遊女になって、太夫を目指す弥生には、主の渋い表情が読み取れたのだろう。客

を選んでいた「斎藤楼」の資金繰りに、主の茂吉は四苦八苦していた。淡雪と春駒は太夫を目指して修行中というたてまえで客を選んでいる。稼ぐ必要はなかった。店にとっては大赤字、賢い弥生はいち早くそれを察した。

雪松が「寿家」をやめ、三味線の師匠で、足尾で細々と生きて行こうと決めた時期とも重なる。弥生の母親への態度が、その頃急変し、優しくなった。三日にあげず長屋へ泊りに来ては、

「那珂湊へは帰らないの？　お爺いちゃんが一人暮らししているのに、相変わらずあなたは薄情だ！」

などと最初の頃は、厭味な口調で母を非難していたが、そのお爺いちゃんが亡くなり、もう那珂湊には遠い親戚縁者しかいなくなり、帰る必要もなくなった。

「弥生ちゃんが足尾にいる限り、母さんは足尾を離れるわけにはいかないわ」

雪松は、はっきりそう伝えた。あなたが太夫になろうとなるまいと、あるいは乙部の飲み屋の女郎になろうと、母さんはあなたを見捨てるわけにはいかないの……足尾を離れるわけにはいかないの。足尾に骨を埋めるつもりよ――。

「飲み屋の女郎？――酷い。親のくせに娘に酷いこと言うわね」

さすがに弥生は怒ったが、雪松は、涼しい顔で、

「親が子を想う気持ちを言っただけよ」

そんな経緯を経て、気がつくと二人は仲のいい親子になっていた。

母一人子一人の、そんなかけがえのない関係を弥生は壊すはずがない。

「早紀さん。もう一度確認して下さい。あなたのご主人は、若い娘が淡雪だと思われたんでしょう。私の娘は弥生ですの。もう一度確認して下さいな。お手数かけますが……」

雪松は、弥生に違いないと思いながら、そう言わずにはいられなかった。

神山早紀さんは、雪松の悲痛な気持ちに寄り添うように、

「分かりました。うちのお父さん慌てん坊だから――お許し下さい。ほんとにごめんなさい。ごめんなさい」

と、何度もぺこぺこ頭をさげて、帰って行った。

二

不吉な知らせのように、裏の出入り口の草叢に、青大将がするすると隠れるように滑って

行く姿を見た。おお厭だ！　やっぱり蛇は不吉だ。

雪松は、一昨夜から一睡もしていない。

今日は火曜日、銅山勤務のお偉いさんの奥さんたちのお稽古があるのに、行かれそうもない。早紀さんが帰ったあと、全身の力が抜けて何も手につかない。食欲もなく碌な食事をとっていない。師匠が夢遊病者のような恰好で、顔を出すわけにはいかない。

頭の片隅で電話で断ろうと思うのだが、行動に移らない。火鉢の前に座ったままぼんやりとしているだけだった。時計が時を刻んでいる。時を刻む音は心地よかった。ただぼんやりとそうしていたかった。

新聞を持ってチョン太がやって来た。

チョン太は直ぐには新聞を広げなかった。チョン太はいつもと様子が違う雪松の、肩に手をかけて雪松の顔を覗いた。声を掛けたいのに言葉が出ない。チョン太の目に涙が溜まっていた。

「弥生ではないわ。弥生はあんな小父さんと死なない——」

雪松がぼそぼそと呟やいた。

「そう、そうよ。あたしもそう思う。弥生ちゃんは頭のいい賢い人だもの、馬鹿な真似はしない」

雪松に言葉を合わせてチョン太は言ったけれど、新聞を見せようか見せない方がいいか、迷うのだった。雪松が娘の死を認めたくないのなら、それに合わせていたほうがいい。新聞記事を読んでしまえば、認めざるを得ない。娘の死を認めた雪松の動転した様子など見たくなかった。

チョン太は急いで新聞を隠した。

品川のアパートでのインク心中事件の記事は、それぞれの新聞記者の捉え方次第で、詳細に書いてあるもの、あるいは要点だけのものと差違があるので、新聞で事件を知った人の見解はさまざまだった。まして足尾では満足に朝刊が配達されることはなく、たいてい一日や二日遅れで配達される。チョン太は慌てて駈け込んで来たが、町にはまだ噂が流れていなかった。

チョン太が持って来た新聞は毎日か、読売か、それとも群馬か栃木の地方紙か、チョン太は着ていた半纏を脱ぎ、その半纏の中に新聞をくるんで、上り框に置いた。

チョン太の持って来た新聞記事によると、栃木県足尾町役場の元収入役の倉沢高三郎と淡雪という「斎藤楼」の遊女が、別れ話から無理心中を計ったもの。咄嗟のことらしく衝動的に、目の前の机の上のインクを服用した。畳がインクで染まり空のインク瓶が近くに転がっていた。カルモチンの空き瓶も転がっていたという。倉沢高三郎は慶應義塾出の優秀な人物で、時期町長候補にもあがっていたそうだ。が、酒と女にはだらしなく、収入役という立場から、つい役場の金を使い込み、突然、昨年退職している。その後は東京へ出て貿易会社に就職したという噂が流れた。いずれにしても淡雪なる遊女が、突然訪ねて来た。淡雪は別れる別れないもない。足尾では客と遊女の関係だったと言い張り、倉沢は別れるつもりはないと、話がこじれ、淡雪を部屋に監禁した。六十男の恋の執念に逃げ場を失った淡雪は、若い命を落とし可哀想にと、淡雪に同情的な内容だった。各紙によって男女の関係の捉え方は少々異なるが、若い女が「斎藤楼」の元遊女であったことは間違いないと結んでいる。

倉沢は遺書ともいえない、淡雪とも妻へともとれる手紙のような文面を書いたものを残していた。

弥生が、東京へ職を探しに行くということを聞いたとき、チョン太は不安な予感がした。倉沢が足尾を出てほっとしたのも束の間、倉沢のいる東京へ弥生が行く――また倉沢の心に火がつくかもしれない。弥生からすれば父親ほどの年の差がある男だから、頼りこそすれ愛や恋の相手ではない。が、弥生は、父親のようなそういう気持ちで、倉沢を頼ることがあるかもしれない。

なかなか職がみつからなければ弥生も焦って、倉沢さんを頼ろうと、若しかしたら簡単に考えたかもしれない——。

弥生にはそういう無鉄砲で無防備なところがあった。

チョン太はそんな弥生が心配なのである。

チョン太は朝の新聞を見て、慌てて雪松の社宅に飛んできたことを後悔した。

「何があってもあたしは雪松妓さんの味方よ。困ることあったら言ってね。今晩龍ちゃんと手伝いに来るから——」

チョン太はひとこと言い残して、一端家に帰った。

足尾で二人の噂がたったとき、雪松は弥生にそれとなく問いただしたことがある。

「馬鹿、馬鹿しい。倉沢さんは「斎藤楼」にとって大事なお客さん。それだけよ。お店の旦那さんの言葉に従って、みんなで倉沢さんを大切におもてなししているの」

弥生はいともあっさりと言った。噂なんて単に噂よ。馬鹿馬鹿しいお母さんが本気にするなんて。本気にしているの？　あたしの噂……

「あなたを信じているわよ」

雪松はあのときそう言っただけだった。

朦朧としている意識を必死で呼び戻しながら、雪松はチョン太を探した。チョン太が来たことは覚えている。が、帰ったことは覚えていない。よろよろとやっと歩きながら部屋々々を覗いたが、チョン太はいなかった。チョン太が来たと思ったのは、錯覚だったのか――と思いながら、雪松は再び居間に戻り火鉢の前に蹲った。どうしていいか分からないのだ。

弥生が死んだ。身内も知人も一人もいない東京で、弥生は心細がっているだろう。直ぐ行ってやりたい！　が、どうすればいいのか分からない。

電話が鳴っている。電話に出るのも怖かった。

電話のベルは一端切れたが、また鳴った。雪松は仕方なく受話器をとった。耳に当てると聞き慣れない声だった。男の声である。瞬間、永田鶴蔵だと思った。死んだはずの鶴蔵がどうして、どこから掛けているのか――雪松の意識は完全に狂ってしまった。おかしくなっていることすら雪松は気がつかない。鶴蔵ならいろいろ相談に乗ってもらえる。そうだわ。一人で苦しむことはなかった。永田鶴蔵という頼れる人間がいたではないか。

「鶴蔵さんですか。雪松です……」

「いや、僕は新ですよ。長いことご無沙汰しちゃって、申し訳ない。今朝、新聞を見て驚いた。家内がいろいろ説明してくれて、淡雪さんは雪松の娘さんだって教えてくれた。倉沢の奴、とんでもないことをしてくれたね。あんたのことを想うといてもたってもいられず、電話せずにはいられなかった。大丈夫かい？」

新さんは親身になって言った。

雪松はますます何が何だか分からなくなった。新さんは「八百佐」の息子で、小学生の頃よく「寿家」へやって来ては、冬など炬燵に入っている雪松の股にだっこされて、可愛がってもらった。雪松はいい匂いがした。股にだっこされるのがとりわけ好きだった。学校から帰ると家の上がり框にランドセルを放り投げ、一目散に「寿家」に向かって走った。

「雪松、いるか――」

と、敷居に立って叫び、

「ああ、いるよ」と、雪松の声が返ってくると、穿いている靴を脱ぐのももどかしく、乱暴に足を振って脱ぎ捨て、寒風の中を走ってきて冷え切った冷たい着物の感触を雪松に押しつけ、だっこする。

雪松が、

「おお、冷やっこい！」

と、身震いしながら、義坊を掻き抱く。

新さんは足尾高校を卒業すると、群馬の高崎の印刷工場に見習い職人として就職した。料亭「八百佐」の跡取りだが、銅山が縮小すれば、「八百佐」は店をたたむ。お前はお前で生き方を考えろと、父親に言われて印刷屋になろうと自分で決めたのだった。

修行を終えて足尾に戻り、印刷会社を設立した。高崎で知り合った働き者の娘を嫁に貰って、子供も三人生まれた。会社は繁盛した。会社設立のオープニングに雪松は祝いを持って駆けつけた。それ以来会っていない。忙しさに追われてたまに電話で話すくらいだった。

「子供の頃、あんなに可愛がって貰ったのに、恩知らずでごめん悪かった。役に立つことあったら言ってくれ。……永田鶴蔵は死んだんじゃなかっかな。確か。足尾で開かれた、ほら誠至館で盛大に開かれた偲ぶ会に、俺も出たよ。何年前だったかな三年くらい前か？」

雪松は、やっと意識が戻って来た。電話が新さんだということ、鶴蔵が死んだということ、そうだ。鶴蔵は死んだのだ。三年前「貨幣偽造行使罪」で千葉の刑務所に収監され、間もなく刑が明ける寸前に、手遅れのガンで命を落とした。

雪松は三日に上げず見舞いに出掛けた。一時、千葉の病院に移され摘出手術をしたが、三ケ月後には再発して、あっけない死だった。

大勢の見舞客が訪れた中に片山潜もいた。

「労働者にとって惜しい人物を亡くした。永田鶴蔵さんも志半ばだから、さぞ、無念であったろう」

長男が、新潟でやった葬儀に出席したとき、片山潜や荒畑寒村、東助松も出席した。

散り散りになっていた家族も、妻をはじめ、新潟にいる長男の鶴太郎がみなに連絡して集まった。加奈もいた。勿論、雪松が医者から危篤を告げられて、鶴太郎に連絡したのだが、鶴蔵のベッドのまわりには肉親がみな揃って、父との別れを心置きなく出来たのだった。

加奈は雪松からの連絡で、鶴蔵が入院したときから毎日のように東京から通い、看護に励んだ。

「俺はしあわせ者だ。家族を捨てて身勝手に生きて来た。が、こうしてみんなに見守られながら、死ぬことが出来て、世界一しあわせ者だ。ありがとう」

集まった家族に最後の言葉を残して、死んでいった。

鶴蔵が北海道を去ったあと、鶴蔵の家族は散り散りになって、幼い子もいたのに、お互い行方知らずに生きて来て、過酷な戦後の社会で食うや食わずの日々もあっただろう。どん底で辛酸をいやというほど舐めてきたに違いないのに、みな立派に育って、社会人として生き抜いて来た。

雪松に対して、深々と感謝の礼を尽くし、

「雪松さんのお陰で、父もどんなに心強かったか、感謝してもしきれません」

と、子供たちの一人一人が、雪松に深々と頭を下げて謝辞を述べるのだった。雪松は、鶴蔵が目を落として狂乱しそうだったのに、取り乱すわけにもいかず、病室の隅に引きさがって家族の様子を見守っていた。あとは長男の鶴太郎がやるだろう。先妻の子供だが、さすがに鶴蔵の血をひく人物、まだあのとき四十二、三歳というが、しっかりしていた。

三

二日後の夜、役場の神山庶務課長がやって来た。

夫を案内して来たのは妻の早紀だった。雪松は新さんの電話で少し気持ちが落ち着いていたので、神山夫妻の訪問に、取り乱す様子もなく居間に上がってもらい、しっかり対応した。覚悟を決めたようだったが、差し出された新聞は、今はまだ見たくないと言って、押し返した。

お茶などを淹れて進めるので、神山夫妻も気構えてやって来た緊張感をほぐした。

「とんだ災難でございました。何しろ倉沢高太郎さんは足尾を出て行くときから、奥さんには俺がいなくとも子供たちを頼む。と、奥歯にものの挟まったような、何か覚悟を決めたような意味不明なことを言って、出て行ったそうです。奥さんは、自死するかもしれないと、そのとき漠然と思ったそうです」

東京の警察からの最初の電話は、家に掛かってきて、奥さんが役場へ連絡してくれと頼んだそうだ。東京の警察と聞いただけで、虫の知らせか、良人の死の連絡だと察したそうである。長男は早稲田の工学部を出て、古河鉱業の本社に就職していた。長女は女子大の二年生で、末娘の次女は足尾高校に入ったばかり、一番下の子の次男がまだ小学校の四年生になったばかり、まだ母親に甘えている。

神山さんはそんな倉沢家の様子を話しながら、

「足尾には古代から人が住みはじめましたが、平安時代に、日光から神山、斎藤、倉沢、星野、亀山の五大氏が移り住んで、倉沢家は足尾五大氏といわれた一つです。家柄はいいんですよ。頭のいい血族で、高太郎さんの弟は、確か、国税庁の税務官吏だったか、いや地方税務署の署長さんだったか、とに角親戚にも弁護士がいたりして、エリート家系なんですわ」

雪松には、そんな話に興味はない。むしろ鬱陶しいといわんばかりに、立ったり座ったりして碌に聞いていなかった。神山さんは直ぐ気づき、本題を切り出した。

「実は、今夜お伺いしましたのはお遺体のことで……」

身内が遺体の確認をし、引き取りに行かなければならない。倉沢家では古河鉱業本社に勤めているご長男の息子さんが、昨日とか早速行かれたそうです。

「息子さんは東京にいますからネー」

それで、雪松にも行って貰いたいという。

「勿論、私も参ります。ご一緒に行って頂けると有難いのですが――」

神山さんは懇願するように言った。すると雪松は、急に険しい表情になり、

「死んだ娘さんが私の娘？　ですって。私は娘が死んだとは思っておりませんので、行く必要はありません」

と、きっぱり断るのだった。

「ですから確認に行くのです。新聞には「斎藤楼」の淡雪さんと、はっきり書いてあります。ですが人違いということになれば、いいじゃありませんか。……私だけでは不安なら、早紀も行きます。あなたのお世話を早紀にやらせますよ」

神山さんは間髪を入れずに、心から親身になって言った。

「「斎藤楼」の遊女さんなら、「斎藤楼」のご主人が行くべきではありませんの?」

「……それはそうです。「斎藤楼」の茂吉さんも一緒に行くと言ってます。昨日、直接会って話しましたら、淡雪はうちの遊女でしたから、俺も行きますよって言ってくれました」

「……」

淡雪という言葉が神山さんの口から出るたびに、雪松は不快な表情で身震いした。早紀は細心の注意を払い、雪松の様子を伺っていたのだろう。

「雪松さんの娘さんは弥生さんて言うのよ、お父さん。弥生さんから電話があったんですって、まだ数日前のことですよね」

と、雪松のご機嫌を損ねないよう、気遣うのだった。

そのことも神山さんは妻から聞いて知っていた。神山さんは、淡雪のためにも母親の雪松を、どうしても連れて行きたかった。たった一人の肉親が確認に立ち会わなくてどうする。綱をつけてでも引っ張って連れて行きたい。娘の死を認めたくない心情はよく分かる。どこの親もみなそうだろう。淡雪などという娘はいない。私の娘の名前は弥生だと言いたいだろうが、それは屁理屈というものだ。「斎藤楼」の遊女淡雪は、事実自分の娘だと親しい知人や友人には、最近白状したということも聞いている——。

神山さんは男だから、女のそうした心理はよく分からない。気遣いながら話していることにも、さすがに疲れ果て、今にも堪忍袋の緒が切れそうだった。もう何を言っても無駄だと思い、黙ってしまった。

「――夜、長い時間お邪魔して、雪松妓さんがお困りだわ。お父さん帰りましょうよ」

早紀がその場の空気を読んで、良人を促した。神山さんは素直に、

「そうだな。夜分お伺いして済まなかった。明日また来ます。町長も心配していますから、よくお考え下さい。では……」

「雪松さん。これをご縁に、私でよろしかったら何でも言って下さいな。お掃除でもお勝手でも、何でもお手伝いしますから、ご遠慮なく言ってください」

入り口に立って、靴を穿いている夫を待ちながら、優しい口調で言う早紀に、雪松は心を開いたようだつた。

「早紀さんあなたはいい人ね。お願いするわ」

と、雪松は呟くように答えるのだった。

神山夫妻が帰ると、部屋の中が大きな洞穴のように感じた。町中ではないので車の音もしない。恐ろしいほどの静寂が押し寄せ、雪松はまた意識が遠のいた。火鉢の前に座ったまま、

動けなかった。掛水社宅に引っ越して日がまだ浅いせいもあるのか。生活環境に慣れないこともあり魑魅魍魎に襲われて、自分の心臓の音にさえ怯えた。

明日また神山さんが見えるまでに、はっきりと意志表示しなければならない。淡雪が自分の娘ではないなどと、馬鹿な返事をしたことが、心を蝕んでいる。自分でも分からない。まともな会話が出来ない自分がもどかしい。腹だたしかった。歯がゆいというべきか――

役場の人たちのお世話になって、東京へ行こう。雪松は一夜考えて、やっと決心した。行ってあげないと娘が可哀想だ。母一人子一人の掛け替えのない肉親。意味のない屁理屈を並べて親切な人々を手こずらせるのは私の主義ではない。やっと雪松は己の言動の恥ずかしさに気がついた。

四

早紀さんがほぼ毎日のように、食事を作って持って来た。

雪松と十歳くらいしか年が離れていないのに、まるで母親を気づかう娘のように、食事ばかりではなく、家の事などもあれこれと世話をやいた。男手が必要なときは、夫の神山さんもときどきやって来て、庭の片付けや薪割りなどをやっていた。

蛇退治もやってくれた。庭の隅の家の脇にある小さな物置が、蛇の棲家になっていることがわかり、蛇を根絶するために古い物置を毀した。

「代わりに僕が作ってやります。友人に大工がいるので、二日もあれば出来ちゃいます」

新しい材料を買ってきて、大工と二人で、ほんとに二日で物置を作ってしまった。

娘の弥生の死がご縁で、まるで親戚づきあいみたいになっていた。

雪松は、神山さんに付き添われて東京の品川という町のアパートへ確認に行った。間違いなく娘の弥生であること、娘が死んだという事実を、目の当たりにして、雪松は覚悟を決めて臨んだせいか、取り乱すことはなかった。

神山氏が一番恐れていた、雪松が半狂乱になるのではないかという、危惧はなかった。収集のつかない情況を想像していただけに、冷静に対応していた雪松の姿に、かえって痛々しげで泣けてしまった。と、足尾に帰ってから神山氏は、出迎えの人々に報告していた。

遺体は東京で荼毘にふし、雪松が大切に抱えて帰って来た。

葬儀は足尾の宝増寺という寺で行われた。「斎藤楼」のご主人が中心になってやってくれたのだが、喪主は雪松だった。

雪松ははじめ葬儀をするつもりはなかった。宝増寺の住職さんと懇意にしていたので、墓地を譲って貰い、埋葬だけすればよいと思っていた。それが何様の葬儀かと思うほど大きな葬儀になった。

足尾の葬儀は夕方から行われる。昼間は町の大方が銅山に勤めているので、会社がひけてからという習わしらしい。夜の葬儀……土地のしきたりだから、雪松はそれはよかった。夜の葬儀なら願ってもないことだ。それなら「斎藤楼」の主や神山さんの薦めに従って少人数の関係者だけでやれる。と思ったのだ。たかが花街の遊女の死。しかも痴情の縺れの心中死だ。江戸時代や明治のはじめ頃だったら、葬儀などおろか荼毘にもふされず，筵にくるんでその辺の空き地に穴を掘って埋められるのが当然だ。おお可哀想に――。雪松は、わが娘もその類、大袈裟に葬儀などするわけにはいかないと思ったのだった。

が、日が暮れて、そろそろ人の顔が誰か見定められないくらいに、寺の境内が暮れなずむ頃になると、人々が集まって来た。黒い喪服を着た人もいる。坑夫は仕事あけの筒っぽに股引き姿のままで、町で働いている娘たちや主婦たちも普段着のまま、坑夫長屋のおかみさんや銅山事務所の人たちまで、宝増寺の境内が溢れるほどの、参列者だった。興味本位で来た人もいるだろうが、気丈にしている雪松を見て、女たちはハンカチを手にしてすすり泣いていた。

　人々の多くが遊女という職業を蔑んで相手にもしないが、弥生は少しも気おくれせず卑下もしない。そんな明るく気さくな弥生は女学生遊女などと言われて、町の人たちと馴染んだものだから、町の人たちは弥生の死を惜しんだ。哀悼の意を表したいと、葬儀に駆けつけてくれたのだ。

「いい葬儀だったな。これで弥生ちゃんも浮かばれる。――心配するな。雪松さんよ。天涯孤独になったなんて言うな。足尾は人情の町だ、誰も見捨てやしないから」

みんなそう言って、慰めてくれた。が、雪松は掛水クラブの社宅を出て、砂畑の坑夫長屋に戻っていた。長屋のおかみさんたちも親切に迎えてくれた。

　弥生の三回忌が澄むと、雪松の気持ちも少し落ち着きを取り戻したかに見えた。押し入れから三味線などを持ち出して、静かな夜など、長屋から三味の音が漏れはじめた。長屋のおかみさんたちも、共同水場で顔を合わせて、よかった、よかったと溜息交じりに、頷き合った。

　早紀さんが食事を届けるようになったのも、砂畑へ戻った雪松の心境を察してのことだった。はじめの頃、早紀が行くと身構えるような、警戒するようなよそよそしい態度だったが、早紀が明るい自然体で気さくに話すものだから、雪松も早紀を受け入れた。

「こんな山のものですけど、食べますか?」

山うどの酢味噌合えを小どんぶりに入れて持って来た。

「足尾は山の中でしょ。ご馳走といえば山菜くらいです。足尾の名物は山椒なんですけど……春になったら沢山芽が出ますから佃煮にして、炊き立ての熱いご飯で食べると、ほんとに美味しいですよ」

早紀は、訪ねるたびにいろいろ山菜を工夫して料理し、持参して来た。雪松の一人住まいを慰めるためには、食事が一番いいと思ったのだ。

「今度、猪の肉を持って来ます。雪松妓さんはそんなゲテモノと思うでしょうが、野菜をいっぱい入れて味噌仕立ての鍋で食べると、絶品ですよ」

役場の同僚に鉄砲撃ちがいて、休日というと山に入って、獲物をとって来る。

「頂いたものですけど、お酒を持って主人も来ますから、猪鍋で酒盛りなんていいじゃありませんか」

この頃の雪松の悪い噂が、早紀の耳にも入っていたのだ。

雪松の悪い噂というのは、夜遅くまで小料理屋で、坑夫たちに交じって酒を飲んでいる。

昔栄えた花街のあった常盤通りの一角、戦争中ということもあって、この五、六年前、花街が寂れ、殆ど店仕舞いをした一角があった。数軒、看板を出して細々とやっている。

　雪松は、店が暖簾をしまい、軒灯が消えるまで飲んでいることもあるそうだ。坑夫に抱き抱えられるようにして、深夜の町をふらついているのを見たという人が、何人もいる。

「娘さんを亡くして、生甲斐がなくなってしまったのだろう。ときどきは深夜まで三味の音が淋しそうに聞こえていたこともあったのに――」

「そりぁ余計淋しいやね。一人で三味弾くなんて」

　人間ちゅうもんはしょうがねえなあ、あんなにしっかりしていた利口もんの雪松妓さんでも、酒に溺れることがあるなんて、想像もしなかったな。

　坑夫長屋の人々が言い触らすものだから、町中に噂が広まった。

　当然、雪松の耳にも入らないはずはない。が、雪松は自制心を失っていたから、日が暮れはじめると、家の中にじっとしていられなくなる。入口の鍵もかけずにふらふらと出掛ける。

　行く店は決まっていた。店の名は「薊」女将は由梨といい、花街が栄えたころは割烹旅館「一丸」の中居をしていた。「一丸」は銅山事務所のお偉いさんたちが、東京から出張して来たときなど、泊まるお宿だった。三階に小さな部屋が幾つかあり、芸妓や中居たちはお偉いさんたちと懇ろになって、子供を産んでしまう人もいた。

「一丸」はその子を引き取って養女や養子にした。

「一丸」の女将は特に人情の豊かな懐の大きい女将さんで、引き取った子を、自分の子と分け隔てなく立派に育て、東京の大学へ出してやる。養女が年頃になり嫁入り盛りになると、これまた走り回って嫁ぎ先を探す。

足尾の町には、「一丸」の女将さんのような人が軒並みいた。花街の女たちが生んだ、不幸な子を引き取って養子として育てる家が多かった。新さんのところにも男の子がいた。どこの家でも子多くさんなのに、奇特な風習だった。鉱山町の典型的な風習である。

「うちじゃ四人いる子供のうち、養子が一番出来がいい。大学へ上げて、世の中のために役に立つ人間になって貰うべ。本人は医者になりたいと言っている。夢がでっかいよ」

新さんは嬉しそうに言った。

由梨が店を閉められない理由は、自分が腹を痛めて生んだ娘が、今大学に上がげて貰っている。成績優秀で大学の教授たちから嘱望され、大学の研究室に残るかもしれない。

「女学者だってさ」

と、由梨は聞かされている。どんな未来が待っているのか由梨は想像もできないが、その子が一人前になって、ものの道理が解かるようになれば、母親にも合わせてくれるというので、由梨は信じてその日を、一日千秋の思いで待っているのだ。

「その子の父親は、間もなく古河鉱業を定年退職する。誠実な人でね「一丸」へはきちんと養育費の半分を払ってくれていたみたい。「一丸」の女将さんが私に言った。……ごめんね雪松妓さん。こんな話しちゃって」

「羨ましい！　口惜しいよ。うちの馬鹿娘——」

雪松は、涙を浮かべながら聞いている。そして由梨がまだ話し終わらないうちに、歯ぎしりをはじめる。隣に座っている坑夫の手をとって頬づりしながら、

「安吉！　酒をついでくれ、ほんとにお前は気がきかん奴だ」

安吉は言われて慌てて、徳利を持った。

「よし、よし。雪松妓さまだぞ。隣に座ったからには無礼は許さんよ。——ほら、あんたも飲め！」

雪松は徳利を安吉の手から奪い取って、まだ焼酎の入っている安吉のコップに、酒をこぼしながら注ぐのだった。

「雪松妓さん。もうおしまいにして下さい。お気持ちは分かりますが、「薊」の女将が喚していているって言ってる人もいるんですよ。あたしは雪松妓さんを尊敬している。力になりたい

と思っている」

由梨が盃を雪松の手から、取ろうとすると、雪松は鋭い眼差しで女将を睨み、

「酒を飲むのは私の勝手、あんたは酒を黙って売っていればいいの。——出来のいい娘だからって、何よ。その偉ぶった態度」

と、突っかかるのだった。

安吉は雪松と同じ砂畑の長屋に住んでいる。由梨は安吉に目配せして、雪松妓さんを連れて帰っておくれと頼んだ。安吉は一緒に来た仲間にちょっくら行ってくるわと、囁いて、カウンターにへべれけに項垂れている雪松を抱え上げ、店を出た。

もう四月に入ったのに、足尾は春ともいえない冷たい夜風が、二人の頬を撫でた。山に囲まれた狭い夜空は、宝石箱を散りばめたように星が輝いている。

「星がきれいだよ。足尾の夜空は日本一だぜ。ほら、見ろよ」

安吉が声をかけても、雪松の返事はない。

安吉は仕方なく、歩き出そうともしない雪松を背負い、歩き出した。町を外れると外灯もない暗闇だが、降るような星明りで、路地も明るい。砂畑への狭い小道も間違わずに歩くことが出来た。

安吉がまだ独りものだから、夜中まで遊んでいようと、女といちゃついていようと、家族に文句を言われることはないが、すれ違う人々は別だ。何を吹聴するか分からない。きっとへんな噂が流れるだろう。

店を出るとき、仲間は既に奇声を発した。安ちゃん好いぞ！　と、冷やかされた。まあ、仲間だからお互いさまだが、花街の全盛時代、雪松の名が風靡した。その雪松を背負っている自分は、ちょっと得意だった。満足した気分だった。

安吉は自分の背中で眠ってしまった、正体なしの雪松を家の中まで運び、万年床のような敷きっぱなしの蒲団の上に、ごろんと転がした。雪松の躰に手をかけて揺すったが、目覚める気配はない。風邪をひくと困ると思い、掛け布団をかけ、長屋を出た。

再び店に戻ると、仲間はさらに奇声を挙げて冷やかした。が、酒が覚めた体に熱燗をたてつづけに飲んで、安吉はやっと我に返った。

「俺のお袋、早く死んじゃったからいねえけど、お袋おぶってるみてえだった！」

有難うネ。安ちゃんご苦労さん……。と、由梨が言うと、安吉はいや、と遮ってにっこり嬉しそうに言ったのだった。

雪松は懲りずに飲み歩いては、安吉に面倒をかけた。安吉の長屋が同じ砂畑で、住まいは幾棟か離れていたが、帰る場所が同じ方向だったため、雪松のことは安吉に任せておけば心配ないと、みなの暗黙の了解になっていたのだった。

その雪松が亡くなったのは、昭和二十年の終戦後、十数年が経っていた。食糧難の時代で、雪松は多くさん持っていた芸妓時代の衣装を食糧に代え、酒代に代えて、家の中には三味線が三棹あっただけで、他に金目のものが何もなかったという。

長屋の女将さんたちが集まり、荼毘にふして、ささやかに弔ってやった。そして娘の弥生が眠る宝増寺の墓に埋葬した。

あとがき

雪松は芸名です。

雪松の本名は誰も知らない。料亭「八百佐」の二代目新義雄氏も知らないのです。昭和十年代の戦時中に、足尾銅山の花街はなくなりました。四十八年の閉山を迎える頃には、足尾町はすっかり寂れ果て、その寂れ果てた町の坑夫長屋に、一人でひっそりと雪松は住んでいましたが、酒に溺れて身を壊し、その生涯を足尾で閉じました。生前の新氏と、雪松の墓を探したがみつからず、血族が訪ねて来た様子もなく、長屋の人たちに看取られ、葬られたという。その当時の長屋の住人たちもいつか足尾を去り、雪松の噂は絶えました。

常盤通りにあった「寿家」見番は、明治の終わり頃から大正にかけて足尾銅山が隆盛を極めた頃の、料亭「八百佐」、割烹旅館「一丸」、遊郭「斎藤楼」の三者の出資ではじめた見番です。現在の赤沢地区が花街の中心で芸者置屋や小料理屋（俗称ダルマ屋）が軒を並べ、他に小間物屋や的屋もあったそうです。「寿家」見番は置屋も兼ねていました。「八百佐」の跡継ぎの新氏にとって、幼少期から「寿家」は家も同然、雪松に可愛がられて育った、忘れがたい思い出の場所でした。

新氏の心の中には雪松が住みつきました。戦地へ赴き、復員後は群馬の印刷会社で修行し、足尾へ戻って印刷屋を開業しましたが、その傍ら役場の嘱託として、当時はやり出していた国民宿舎を足尾にも創設することになり、既に建設されていた全国の国民宿舎の見学かたリサーチを任されて、多忙な地方出張の日々を過ごしていました。そんな折、雪松の死を風の便りに知ったと言います。

老齢になって新氏は、肺気腫を発症し、砂畑の敬愛病院に長期入院し療養の日々を送りました。見舞いに訪れるたび「雪松の生涯」を聞かされました。熱い思いをふつふつと滾らせて、嫋嫋と語るのです。新さんの中で雪松はいつか夢幻か現実か定かでなくなり、雪松を嫋嫋と語ることで新さんの胸のつかえは軽くなっていくようでした。

「雪松の、せめて墓参を果たしたかったが、それも出来ず、心残り……」

新さんが、肺気腫の息苦しさの中で洩らした一言が、私の耳に残ってしまいました。足尾銅山の繁栄のその陰で、若年でケイハイで亡くなる坑夫たちの犠牲があり、故郷へ帰ることも出来ず、今も龍蔵寺には無縁塔や坑夫の墓があります。新さんは、

「花街で生きた芸妓や女郎たちは坑夫と同じ運命です。龍蔵寺は坑夫たちの、宝増寺は花街の女たちの鎮魂の寺、時代の変革の激しさに、忘れられていく運命だが、底辺で生きた人々こそ足尾銅山の繁栄を支えた人々です」

足尾銅山の繁栄は今日のコンピューター・テクノロジーの原点であると、私は思います。

新氏の呟きは、一語一語私の胸にも鋭く突き刺さって、重く残りました。

　三十年前発足した私が代表をつとめた「足尾を語る会」の研究会を昨年閉会しました。が、私は雪松を書かない限り、私の足尾は終わらないと思いました。第二次「足尾を語る会」の会報に断続的に、読み切り短編として連載してきましたが、昨年暮れ第八話を書き上げました。新さんの心の中に住んでいた雪松は夢幻の雪松でしたから、十年前、私は第一話を書くに当って、当時まだ足尾に住んでいた染太郎とチョン太と名乗る芸者を訪ねました。が、何も語ってはくれませんでした。チョン太は土木作業員の妻になっていて、雪松に可愛がられたチョン太ではないと断られ、染太郎は、通洞駅前の古い二階家に住んでいましたが、雪松など知らぬ存ぜぬと興奮し、魚をさばいていた包丁で指を切ったと、それを私のせいにし、玄関払いです。消してしまいたい過去など振れられたくない心境だったのでしょう。

　この作品に登場する人物は、私の雪松であり、他の実在した人物たちも、場所も、歴史上の事件も虚々実々、虚実を織り交ぜて物語りを創造する喜びを知りました。十数年前、最後まで残った割烹旅館「一丸」が貰い火で焼失し、間もなく人情の厚い女将さんも亡くなりました。

　今はその辺り、花街の面影などとどめていない赤沢の路地を歩きながら、足尾にかかわった私の、最後の仕事を終えて、ほっとしています。もとより浅学蒙昧な私、諸先達の諸著作や諸資料を頼りました。日本の近代化に貢献した、足尾銅山繁栄の陰で生きた一人の女人を、物語として残したいとの思いからの、鎮魂の創作です。この創作の舞台となった足尾は、公害の原点と呼ばれ、瓦礫の山々でしたが立松和平さんらが活動した『足尾の山に緑を育てる会』の植樹によって蘇りました。また時代の背景となった銅山《やま》の町足尾の風景や、坑夫長屋や園遊会、足尾暴動など鉱山町独特の世界で生きた人々の哀歓を、一人でも多くの方々が読んで下さり足尾を知っていただければ、このうえない冥利です。

九十歳を迎えて最晩年の生活を、那須の山奥の、西行や芭蕉ゆかりの「遊行の柳」の里に建つ、自立型老人施設に移りました。コロナウイルス感染の自粛の中、大森盛和氏に要を得た望外な帯文を頂戴し、心より御礼申し上げます。龍書房の川畑社長はじめ青木さん、石井さんには、大変ご不便ご面倒をおかけし誠に申し訳なく、出版の運びになりましたこと深く感謝申し上げます。

二〇二〇年　葉月

三浦佐久子

この連作短編集は、平成19年「足尾を語る会」—第2次—会報通巻第11号から第20号に第一話から第七話まで断続的に連載し、出版に際し加筆、修正しました。
第八話　書き下し。

著者略歴　三浦佐久子（みうら さくこ）

1929年栃木県生れ。東洋大学短期大学日本文学科卒。

1969年第一回新潮新人賞候補を機に文筆活動に励み、伊藤桂一、宇野千代、尾崎秀樹に師事、同人誌「ラ・マンチャ」「円卓」「公園」「層」に所属し、小説の勉強をする。傍、私大付置研究所（情報科学研究・教育センター）に勤務していたので、今日のコンピューター・テクノロジーのさきがけの頃で、コンピューターに魅せられ、文学活動を中断する。

1988年閉山後の銅山《やま》の町に見捨てられた人々を描いた「壷中の天を求めて」（下野新聞社刊）で第３回地方出版文化功労賞を受賞。執筆活動を再開する。

他に「遅過ぎた結婚」（檸檬社刊）「おたふく曼陀羅」（叢文社刊）「危うし日本列島」（共著・叢文社刊）「歴史と文学の回廊」（共著・ぎょうせい刊）「犬に日本語が分かるか」（日本ペンクラブ編）「足尾万華鏡」（随想舎刊）他に文庫本「解説」、「歴史・時代小説辞典」「新田次郎文学辞典」など執筆多数。

日本文芸家協会々員、日本ペンクラブ会員、大衆文学研究会・神奈川支部各会員、金属鉱山研究会々員。2019年秋、「自立型老人施設」栃木県那須町芦野1469-264 アクーユ芦野倶楽部へ入居。現在に至る。

常盤通り「寿家」見番家族
雪《ゆき》松《まつ》という女

二、五〇〇円（本体二、二七三）

二〇二〇年九月二十八日　初　版発行
二〇二〇年十一月三十日　第二版発行

著　者　三浦佐久子
発行者　川畑　弘
発行所　龍　書　房
東京都新宿区山吹町三五二
㈱アドヴァンス内
電　話　〇三―六二八〇―七三五五
ＦＡＸ　〇三―三二六〇―九五七二

印刷　㈱アドヴァンス
製本　㈲三栄社

装丁　今村知子